Patricio Canessa Palma

Sucedió un jueves

Cuentos

Sucedió un jueves

© 2023, Patricio Canessa Palma

Registro propiedad intelectual - Chile:
RPI 2022-A-7594

Imagen portada: Propiedad del autor

Edición Impresa Chile:
SIGNO Editorial
Contacto: j.calv.r@gmail.com

Producción, maquetación, distribución internacional:

www.webmediabook.com
contacto@webmediabook.com
+56 990 990 670

Impresión y editorial: BoD – Books on Demand
info@bod.com.es - www.bod.com.es
Impreso en Alemania – Printed in Germany

ISBN: 978-841-1748-32-2

CHARAMAY

La muerte de don Maulín, no sorprendió a la pequeña comunidad de Charamay, dada la larga enfermedad que padecía y sus noventa y cuatro años. Dejaba una parcela, de las más grandes. No había herederos. La infinidad de esfuerzos desplegados en la región para establecer una posible descendencia resultaron vanos. No apareció nadie que reclamara la propiedad sobre su tierra. Quien ejercía la autoridad en Charamay, por elección popular, era don Almar Gámez. Don Almar, elegido por unanimidad, contaba con el apoyo irrestricto de la comunidad. El consejo de Charamay, presidido por don Almar decidió rematar aquellas tierras. El día de la subasta se presentaron varios parceleros. Se sabía que ninguno contaba con recursos para adjudicarse la propiedad; se sospechaba un acuerdo de varios para adquirirlas y luego subdividirlas. Hacía de martillero don Almar. Con voz grave y lo más fuerte que sus setenta y nueve deteriorados años por el alcohol le permitieron, se dirigió a los presentes apiñados en la sala del consejo, indicando que la subasta daba inicio con una oferta de cien cromados.

Jelián Manosés, conocido en la zona por su lechería y la cantidad de hijos esparcidos por doquier y no reconocidos, levantó la mano.

— Tengo cien, exclamó don Almar.

Sin duda representaba a un grupo, él solo no podía, las entradas de la lechería le eran apenas suficientes para repartirlas entre las madres que habían sucumbido a los encantos de este bien dotado caballero.

Desde la última fila del comprimido grupo, más curiosos, que interesados, se escuchó, con voz clara:

— ¡doscientos! —.

No hubo cabeza que no girara en busca de quien hacía la postura.

El silencio recibió la voz de Jelián:

— ¡doscientos cincuenta! —.

Jelián Manosés y su grupo no claudicarían. Otra vez murmullo y silencio.

Desde el fondo, con voz más fuerte se escuchó

— ¡trescientos! —.

Esta vez nadie volteó la cabeza. Todas las miradas se clavaron en Jelián. Se trataba de una situación que nadie había previsto. Un par de codazos amigos lo envalentonaron y sin más titubeos dijo,

— ¡cuatrocientos! -

El murmullo se transformó en exclamación. Una gran sonrisa expresaba el sentir de don Jelián, sonrisas también en otros rostros que fueron fulminadas al escuchar:

— ¡quinientos! —.

La voz del fondo ganaba, la propiedad no valía esa suma. Silencio. Cruces de miradas. Jelián y su grupo no estaban para subir una suma tan descabellada. Discutiendo, acordaron que como máximo pujarían hasta doscientos cincuenta cromados. Nadie conocía al postor que adquiría las tierras de don Maulín. El golpe del improvisado martillo que sostenía en su mano don Almar Gámez adjudicaba por quinientos cromados, la propiedad del fallecido, a Francisco de la Tierra. Don Almar solicitó que se hiciera presente el postor para proceder a legalizar con su firma el documento que le otorgaba el dominio de las tierras subastadas. Sellaba el documento la firma de don Almar, como presidente del Consejo de Charamay y de don Francisco de la Tierra. El texto de la transferencia se leyó a viva voz frente a los asistentes.

Al cabo de dos semanas un grupo de trabajadores llegaron a las tierras que fueron de don Maulín e iniciaron la reparación de cercas y portones, además pintaron y restauraron algunos daños de la casa. Don Maulín vivía solo, por lo que muchas habitaciones siempre estuvieron vacías. Trabajaron sin descanso con gran despliegue de tarros, estacas y cuerdas. Mientras esto sucedía, comentarios y especulaciones de toda clase proliferaban por doquier y la fértil imaginación de los vecinos elaboraba y hacía circular las historias más disparatadas respecto al mentado Francisco de la Tierra. Esto era el tema diario y de cada hora.

Una mañana la esposa de don Almar se presentó en la casa que habitó don Maulín en representación del presidente del consejo de Charamay. Les ofreció ayuda a los trabajadores, especialmente alimentación, ya que al parecer nadie les preparaba el sustento. Accedieron a recibir a doña Lisandra, para que les preparara una vianda diaria. Antes que finalizara la primera semana de trabajo de doña Lisandra, se conoció con abundancia de detalles quién era en realidad el enigmático Francisco de la Tierra.

Antiguo hacendado, propietario de una enorme hacienda y dueño de una caudalosa fortuna en Rimaquén, comarca vecina de Charamay. Caballero del condado e hidalgo por herencia de su bisabuelo Duque de la Tierra, y ahora condenado al destierro de su comarca por abusar de doncellas invocando su nobleza.

Las obras, en la que iba a ser su casa, continuaron bajo la supervisión de un insigne arquitecto, amigo de don Francisco; venía a revisar el diseño definitivo que tendría la residencia que ocuparía don Francisco de la Tierra junto a su esposa Reinacia y su hija Marilén.

La casa con más de diez habitaciones y varias para el servicio quedó terminada antes de Navidad. Para esa fecha, don Francisco invitó a las familias más destacadas de la comunidad de Charamay a una celebración en su propiedad. Ofrecería una cena de Navidad a los asistentes en la que iba a dar a conocer un proyecto para el desarrollo de la comunidad. El consejo, única autoridad de Charamay, asistió en pleno, cada uno con su cónyuge y don Almar, con su salud algo quebrantada por el consumo de alcohol, no dejaría pasar esta oportunidad para disfrutar de los mejores mostos que se ofrecerían durante el evento. Antes de finalizar la cena, mientras se servían las confituras para dar paso a los licores fuertes, don Francisco, de pie sobre un taburete, se dirigió a los invitados. Agradeció la concurrencia y en pocas palabras informó de su proyecto: apoyo financiero y créditos a los parceleros para mejorar su producción. Un sostenido aplauso cortó sus últimas palabras y mirando a sus invitados, alzó su copa y dijo – ¡por el desarrollo de Charamay! - ¡¡Viva!!

Las tierras de don Francisco se cubrieron de hermoso pasto y los establos de buen ganado. Varios parceleros le arrendaron por pocos centavos, sectores donde llevar a pastar sus animales. Gracias al crédito que ofreció a dos años sin intereses y que se pagaba en una sola cuota al fin de los dos años, no faltó quien le solicitó dinero.

Los contratos de préstamos y arriendos se realizarían en la sede del Consejo en el salón principal. Se dispuso como condición única e indispensable que los contratos fuesen en duplicado con las firmas de don Fernando de las Tierras, el solicitante, dos testigos y sellado con la firma del presidente del consejo para otorgar indiscutible legalidad.

Cada contrato terminaba con una celebración, vino y licor a destajo y con don Almar en el sillón de presidente, dormido por los efectos del alcohol. A los pocos meses y después de decenas de contratos firmados, una muchedumbre acompañó a don Almar a su inevitable destino. El funeral reunió a todos los habitantes de Charamay con excepción de la servidumbre. Nunca, en ningún entierro se había reunido el pueblo entero, lo que se comentó ampliamente.

El Consejo quedó acéfalo. Sus integrantes discutieron quién remplazaría a don Almar, llegando a la conclusión que se debería llamar a elecciones tal como fuera elegido en su tiempo don Almar. Se llamó a la inscripción de candidatos. El día señalado no cabía un alfiler en el salón principal. Todos querían saber quiénes se presentarían. Con seguridad se esperaba que los integrantes del Consejo irían a postular. Las preferencias estaban divididas, por lo que la curiosidad, dejó a muchos fuera de la gran sala.

Se dio lectura a los nombres, eran seis, los seis miembros del Consejo El secretario, luego de leer la lista, levantó la vista a la sala. No había otros postulantes. Tal como el día de la subasta de las tierras de don Maulín, una voz silenció al auditorio, - anote —, Francisco de la Tierra —.

Se convocó a quienes por derecho podían elegir. Jefes de familia y el hijo mayor de edad de viudas. El acto se realizaría en la plaza mayor, nombrando a viva voz cada candidato, la preferencia se indicaría alzando el brazo. El día de la elección se congregaron quienes podían ejercer el derecho a voto. Uno a uno se mencionó los nombres de los candidatos, nadie alzó el brazo por ninguno de los seis integrantes del Consejo. Por Francisco de la Tierra, un ensordecedor aplauso proclamaba a Francisco de la Tierra el nuevo presidente del Consejo de Charamay.

Don Francisco, en su calidad de presidente, confirmó a todos los miembros del Consejo, los que naturalmente aceptaron en continuar perteneciendo al único organismo que actuaba como rector de autoridad, justicia y legalidad.

Doña Reinacia, esposa de don Francisco de la Tierra, junto a su hija Marilén, fundaron la Hermandad de Ayuda a la Comunidad. Institución dependiente del Consejo, que entregaba, registrando cada soporte económico y asistencia de salud a las mujeres que lo necesitaran a cambio de servicios a Charamay. Ella y su hija Marilén llegaron a conocer a cada familia y sus necesidades. La popularidad de Marilén creció como yesca ardiente entre los jóvenes solteros y también entre algunos no solteros.

El proyecto de don Francisco trajo mejores tiempos a Charamay, pero no así a sus habitantes. Muchos créditos no pudieron ser pagados. Y el Consejo tuvo que aceptar que don Francisco hiciera efectiva la garantía. Así las tierras de muchos parceleros pasaron a propiedad de don Francisco.

Sus dueños quedaron trabajando al servicio de don Francisco de la Tierra en lo que fueron sus propiedades. El lechero, Jelián Manosés no pudo pagar el arriendo de talaje para sus vacas lecheras y se vio obligado a vendérselas a don Francisco, pero tampoco fue suficiente para cubrir la deuda y finalmente la lechería también quedó en su propiedad. Jelián, de dueño, pasó a ser empleado, aumentando su desprecio hacia don Francisco, adquirido desde la fecha en que se adjudicó las tierras de don Maulín.

Prácticamente, todas las propiedades de los parceleros llegaron a las manos de don Francisco. Con el tiempo, el Consejo se disolvió, Charamay se transformó en la hacienda Charamay, perteneciente a don Francisco de la Tierra, con un pequeño ejército de empleados trabajando para él y sus decisiones eran ley.

La Hacienda Charamay y la hacienda en la comarca de Rimaquén, sumaban considerable riqueza para intentar la abolición de su exilio. Obtuvo el rechazo absoluto de quien dominara la comarca, don Clario Herón y Melas, Marqués de los Claros, padre de Vernal, el prometido de la hija de don Fernando. Don Clario, viudo, había contraído nupcias ya entrado en años, con la que fuera su amante, que le había dado un hijo. La concertación de matrimonio se pactó antes del destierro de Francisco de la Tierra, siendo los prometidos aún niños. Aunque mediara un acuerdo, jamás permitiría la presencia de don Francisco de la Tierra en su comarca. El caso estaba cerrado.

La noticia corrió como un reguero de pólvora. Marilén estaba comprometida con el hijo del Marqués de los Claros y don Francisco continuaba en el exilio. El acuerdo de matrimonio le era muy conveniente a don Clario Herón, ya que su hijo tarde o temprano sería el propietario de dos grandes haciendas. Según se leía en el acuerdo, la boda se celebraría donde habitaba la prometida, ahora vivía en la Hacienda Charamay. El Marqués se opuso terminantemente que el matrimonio se celebrara fuera de sus dominios, incluso amenazando con desconocer el acuerdo. La indignación se apoderó de don Francisco. Lo encontraba inaceptable, se le prohibía estar en la boda de su hija. Pero recapacitando, también le interesaba que su hija participara de las tierras que heredaría Vernal. Aceptó, con la condición, que la residencia de los jóvenes se estableciera en la Hacienda Charamay. El Marqués dudó, no iba a aceptar si no hubiera sido por la intervención de su esposa y madre del prometido, doña Emalia. Pasaron los días y el ánimo de don Francisco decayó considerablemente. Ya no se levantaba temprano a ver los trabajos en el campo ni le interesaba la producción. Solo esperaba el matrimonio; la semana anterior a la boda, no salió de su recámara. Doña Reinacia, no mostró preocupación o angustia por el estado de su esposo, estaba segura de que al llegar Marilén todo cambiaría.

El Marqués trató de convencer a su hijo que se quedara a vivir en la comarca, que no se fuera, inútil, el muchacho nunca estuvo a gusto.

El matrimonio se efectuó con gran pompa, la nobleza y algunos otros, fueron invitados a la ceremonia. Sobre doscientas personas asistieron y fue el evento más comentado por largo tiempo. Estaba acordado que finalizado el banquete, esa misma tarde, los esposos partirían a la Hacienda Charamay. No fue así.

La muerte de Clario Herón y Melas, Marqués de los Claros, provocada por un fulminante infarto, postergó la salida de los recién casados y detuvo toda actividad en la comarca de

Rimaquén, dominios del fallecido Marqués. No fue, sino después del duelo de una semana, partieron hacia su nuevo hogar.

Como lo predijo doña Reinacia, su marido Francisco de la Tierra se recuperó como por arte de magia. Apenas la pareja se instaló en sus aposentos, no dejó tranquilo a su yerno hasta mostrarle la Hacienda. Reunió a todos sus empleados para presentarles a Vernal, esposo de su hija Marilén y heredero de todos sus bienes.

Una tarde, un jinete engalanado se presentó ante don Francisco y su familia para entregar un pergamino con sello oficial. Se requería la presencia de Vernal en la Sede de la Comarca de Rimaquén para recibir el título de Marqués de los Claros. En la cena, esa noche Vernal reveló que no le correspondía el título de marqués, dado que don Clario lo había adoptado junto con su madre, y su nombre era Vernal Manosés, hijo del lechero de Charamay.

OLEAJES

Inés con frecuencia recordaba a Daniel, su última pareja, le preocupaba las consecuencias que esto podía presentar en el futuro que iniciaba junto a Pablo. Nunca fue problema lo sucedido con Daniel. Lo conoció a los quince años y él había sido su único pololo. Daniel ahora se encontraba en Europa cursando un master y desconocía el compromiso que Inés adquiría con Pablo. Daniel a su regreso esperaba encontrarse con ella. La relación había terminado meses antes de su partida, y en la distancia había descubierto que sentía cierta nostalgia al recordar los momentos compartidos. Inés, en cambio, pretendía olvidar, despejar su mente de esos recuerdos. Faltaban pocas semanas para su matrimonio. Como a muchas jóvenes enamoradas, casarse era una aventura que limitaba y liberaba. Sus padres no estaban tan contentos como los de Pablo. Pensaban en un yerno con más "cuna", como decía su mamá. Inés era encantadora, habilosa, simpática, atractiva, cariñosa, la nuera ideal. Pablo se había sacado la lotería.

Inés no pensaba en Daniel y su regreso la tomó por sorpresa. Pensó que bromeaba cuando escuchó aquella voz en el auricular diciéndole "hola, amor". Quedo paralizada, sabía quién hablaba. Conocía la voz y no atinaba a responder. No sabía qué decir. La conversación fue breve, se prolongó lo que las cortantes palabras de Inés permitieron. Meses que no se veían y tampoco se habían escrito. No sabían de qué hablar y no era el momento. Con la llamada, Daniel se introdujo en su mente, arrepentida por la zonza conversación sostenida. Inés se juntaría con Pablo en la puerta del campus, y no reparó en lo ausente que estaba su novia.

Daniel insistía en ver a Inés. ¿Cuál de las amigas podría ayudarle?, Consuelo. Le pidió que tratara de hacer un encuentro casual. Inés se reunía con el jefe de tesis tres veces por semana.

Estaba nervioso. La observó aproximarse distraídamente. El encuentro detuvo su aliento. Inés se veía linda. Ella, al verlo fijó la vista en sus ojos, sentía que la atravesaba con la mirada, que la descubrían. Se miraron desde cierta distancia, él dijo – Que bueno verte Inés— se rieron y caminaron en silencio hacia el estacionamiento. — Nunca me olvidé de ti – las palabras golpearon a Inés, como el destello de un flash del pasado. Obvió sus palabras, contándole que estaba terminando la tesis. Daniel no puso atención, la observaba, su rostro, sus labios, sus gestos. Los recuerdos fluían a su mente. Con esfuerzo comentó sobre sus estudios en Viena y como ese año había transcurrido... — Te invito a comer esta noche— dijo en forma imprevista <<una cerveza o lo que quieras>>... Como respuesta a Inés no se ocurrió otra cosa que decir <<me caso>>. Daniel reaccionó con un prolongado e incómodo silencio, no dijo nada, e insistió en verse y conversar esa tarde. Inés no quería dañar la relación con Daniel negándose. Acordaron juntarse en el Hard Rock del Costanera.

Llegaron casi al mismo tiempo. Inés eligió una mesa lejos de los ventanales. Había poca gente, no más de tres o cuatro mesas ocupadas. Daniel hizo el pedido. Recordaba los gustos de Inés. Shop y papas fritas. El ambiente grato y la música rock instrumental invitaban a conversar sobre el pasado. Ella recordaba su primera vez. Era verano, sus papás de viaje, ella postulando a la universidad. Daniel la pasó a buscar para ir al cine. No estaba lista y Daniel no quería perder el principio de la película. Golpeó la puerta de su dormitorio y entró. Los ojos de Daniel se clavaron en los suyos, se acercó y la besó. No se resistiría. La desnudó entre caricias y besos. Daniel recordaba la primera vez, le era imposible olvidar la pasión compartida y la expresión de sus sentimientos. Ahora, sus miradas chocaban, se rehuían. Volvían a chocar y vuelta a encontrarse. Ella no soportó más y le preguntó - ¿Qué? – Daniel no lo dudó, puso su mano sobre la de ella – estás hermosa – Inés bajó la vista. — Estoy comprometida, Daniel —. No supo si responder a la caricia o rechazarla contra su voluntad. Los recuerdos cobraron vida. Daniel estaba perplejo. ¿Debía decirle lo que sentía? Quizás lo echaba todo a perder. Se armó de fuerzas y le dijo que el sentimiento se confundía entre amor y pasión. No podía mentirle. Inés se debatía entre lo que pasaba, lo que pasó y lo que estaba a punto de pasar. Daniel se cambió de asiento. Buscó sus labios algo esquivos y la besó, tal como ese beso de la primera vez.

Estaba a dos semanas de su matrimonio. Con un desorden de ideas pagaron y saliendo Daniel le dijo que quería verla antes que se casara. La mirada de Daniel clavada en sus ojos… Irían al cine. Pasaría por ella al departamento que compartía con otra estudiante. Con cierta ironía Daniel le susurró al oído – que esta vez estés lista – Inés se despidió con las mejillas ruborizadas.

La siguiente vez Inés estaba decidida. El beso de saludo se fundió en sus labios. Ambos temían ese beso. Trajo el pasado a un presente de irresistible deseo mutuo.

Jamás imaginó lo que sucedería al volver a encontrarse con Daniel. No pretendía ser infiel a Pablo, no era su intención. Seguía enamorada y se casaría con él. Pero no había arrepentimiento. Daniel prometió no volver a llamarla. Confiaba en su palabra. ¿Lo pasado? Una historia lejana. Debía ser así y así sería.

Pablo estaba en Buenos Aires. Había ido por dos semanas. Llegó feliz. Firmó un contrato conveniente para su empresa, lo trataron muy bien y la negociación fue un éxito. Inés no escuchó lo que dijo, su mente estaba con Daniel. Pablo, con su habitual optimismo, continuó con su relato. Le preguntó a Inés sobre detalles para la boda; expresó: ¡la Iglesia, cura, invitaciones, coro, hotel, banquete, todo estaba listo! Pablo se sorprendió por el tono de su respuesta. Parecía tensa, preocupada, algo le pasaba. La abrazó.

— Estoy mal. El profe rechazó el último capítulo de mi tesis. Debo rehacerlo. —

— No te preocupes amor, te puedo ayudar, tengo tiempo antes que lleguen las muestras de Argentina.

Inés no estaba conforme con mentir, pero debía hacerlo. Esa noche cenaron en casa de los padres de Inés. Pablo acaparó la conversación entusiasmada por el porvenir de su empresa. Inés escuchaba, atenta a la cara aburrida de su mamá. No era de su interés los negocios de su yerno ni los logros de Pablo en Buenos Aires. Se levantaron de la mesa y el papá de Inés ofreció un bajativo, momento exacto en que la mamá se excusó, apeló a un cansancio, que no tenía, y se retiró. A Pablo, poco le importaba. En su familia le habían advertido que él se casaba con Inés, no con su familia, y nunca iba a ser muy querido por su origen sin alcurnia.

Camino al departamento, Inés en completo silencio, parecía agotada. Al llegar, aunque era tarde, Pablo insinuó quedarse. Sutilmente, sin sonrisa, el rostro de Inés sugería despedirse. Algo mareado por el coñac, meditando en el trayecto le preocupó Inés. La notó lejana y preocupada. Claro, la tesis. Los desaires de su mamá. Como le contestó por los detalles de la boda. Que no quisiera hacer el amor. Lo mejor era no elucubrar teorías, tenía sueño, quería descansar y él también.

Al día siguiente prepararía el programa de mercado y lo enviaría a los argentinos. Debía dejar todo preparado para su regreso, la luna de miel. Firmar el contrato de arriendo de la bodega y oficina.

Consuelo sabía, pero calló sobre el encuentro "casual" con Daniel. Inés le contó todo, como le había mentido a Pablo, y que su actitud correspondía al supuesto rechazo de su tesis. Consuelo callada, no fue sorpresa, lo supuso. De improviso le preguntó:

— ¿Estás enamorada? –

Inés no esperaba tal pregunta, sintió un golpe emocional que nubló su mente. En un segundo recuperó el aplomo,

— Por supuesto – fue la respuesta automática. Quería a Pablo, lo amaba.

Consuelo la obligó a prestar atención y continuar revisando lo que faltaba de la tesis.

Inés le preguntó:

— ¿Has visto a Daniel? – Consuelo, sin mirarla, contesto que no.

Hacía un mes de su encuentro con Daniel. Se casaba ese fin de semana y en su casa había revolución. Timbre, regalo. Timbre, regalo. Los contactos sociales y laborales de sus padres tenían que cumplir con ellos por sobre el deseo de los novios. Inés se sentía cansada y no tenía ganas de comer, su madre, feliz, así la hija se vería más espigada.

Su malestar lo atribuyó a la tensión que transmitía su mamá. Pero los mareos y náuseas le provocaban pánico. ¿Era posible? ¿Daniel? Había dejado las pastillas cuando Pablo partió a Buenos Aires.

Llamó a Consuelo. La tranquilizó con voz seca – cálmate, Inés –
le dijo. Reaccionó, aceptó la sugerencia, un test de embarazo.
Había una farmacia cerca. Consuelo iría. La mañana estaba fría,
caminando rápido, entró en calor. Compró dos test. No debía
haber dudas. Inés aún estaba en cama, despierta con la vista fija
en el techo, con miedo, angustia. Presentía un mal resultado. Era
la protagonista en una tragedia con terrible final. Se iban de luna
de miel en tres días más. Consuelo se asustó al ver su semblante
en la penumbra de la pieza, corrió las cortinas. El abrazo fue un
detonante para el estallido del llanto de Inés. No está todo dicho,
- hazte el examen —entró al baño temblando, tardó solo minutos,
para Consuelo horas. Casi no se tenía en pie, afirmada en el
marco de la puerta, de sus hermosos ojos brotaban lágrimas.
Consuelo tomó sus manos, humedecidas por el llanto.

De improviso, la mamá entró al dormitorio.

— ¿Por qué lloras Inés? —Consuelo respondió, estaban tristes,
no se verían con la frecuencia habitual. Tal como entró, salió de
la pieza, su preocupación era la reunión con el sacerdote y las
lecturas durante la ceremonia. Consuelo leería una de las
lecturas, a su mamá le iba a fastidiar. Un guiño y una sonrisa
bastó, Inés estaba más tranquila.

Inés reflexionó sobre el resultado del examen. Pablo no iba a
notar su estado. La luna de miel y su embarazo de solo días, ella
sabía cómo hacerlo.

Llegó el día. Pablo era el nervioso. Enfrentaría de un golpe a todo
el círculo social de sus suegros. Le pidió a Inés que usara unos

zapatos con poco taco, medían igual, pero los zapatos los había elegido la suegra. Inés era una princesa, él se sintió su lacayo. No todo fue incómodo, hubo un momento con sabor dulce. Cuando Consuelo se levantó a leer, fijó la vista en la cara de su suegra.

La celebración fue un desastre, los familiares de los novios separados por una gran mesa solo para los amigos de los recién casados. Pablo e Inés no probaron bocado, no bailaron el vals, y se fueron sin despedirse, no resultaba cómodo quedarse. Consuelo salió corriendo tras ellos, - suerte, amiga, todo saldrá bien.

La situación permitió que Inés evadiera ideas invasivas recurrentes. Enfrentaba una aventura Pablo y ella. Libertad, nunca más, ¿a qué hora vuelves?, ¿dónde vas?

En Tongoy, fuera de temporada, la playa y la hostería solo para ellos. Despertar escuchando el mar, hacer el amor sin tiempo, unir sus cuerpos en la ducha, almuerzo en el balcón, se diluyeron las ideas que la habían martirizado. Abrazados en la arena tibia, dormitaban hasta el atardecer y retornaban a un encuentro apasionado antes de cenar.

Santiago les dio la bienvenida con sus tacos y tráfico habitual. Tardó más la entrada a la ciudad que el sabroso almuerzo en la carretera. El departamento los recibió con frío, cerrado, faltaba el calor de vida. Aún se percibía el aroma del perfume de Consuelo. A Pablo le gustaba. Le dijo que podría usar el mismo. Inés se precipitó al baño. Los mariscos y el panqueque, pensó Pablo. Combinación fatal.

A Pablo lo esperaban los nuevos productos y a Inés, Consuelo. Se divisaron en el campus y apuraron el paso para estrellarse en un efusivo abrazo que concluyo en un - ¿Cómo estás? – entraron a la biblioteca escuchando varios ¡shhh! El tema: su relación con Pablo, ¡muy, muy placentera!, las dos rieron. ¿Y…? Cero, superado, ninguna pregunta. Consuelo no podía estar más contenta. Su amiga estaba de vuelta. Ahora debían revisar la tesis y entregarla.

Esa tarde la conversación atolondrada entre frases y palabras terminó en la cama semi desvestidos haciendo el amor. La escena le provocó a Inés un ataque de risa que Pablo calló con un beso a la fuerza, pero contagiado con las carcajadas de su mujer terminaron de espalda mirando el techo.

Inés no llamó a sus padres, contestaría su mamá y no iba a comenzar su vida de casada escuchando instrucciones. Temprano en la mañana, Pablo llamó a posibles distribuidores y concertó reuniones dentro y fuera de Santiago.

Pasó volando el tiempo, con Consuelo se juntaban para conversar y corregir finalmente la tesis y presentarla. Inés ya sentía las incomodidades del embarazo, le contaría a Pablo cuando volviera. Con el entusiasmo que desplegó Pablo por el éxito de sus reuniones, le costó encontrar el momento para decirle: - estoy embarazada —. Se congeló. Demoró un segundo y se abalanzó sobre ella. No lo podía creer. Iba a tener un hijo.

— Ayer me hice el test. Este es. Positivo. No le he contado a nadie. Debías ser tú el primero en saberlo —.

Pablo tomó el teléfono con ademán brusco. Llamaría a su papá. A su mamá después. La culpaba por haberse separado y abandonado a su padre.

— Mamá vas a ser abuela —, dijo Inés, tan pronto su mamá contestó.

No le preguntó cómo se había sentido. Hizo un comentario que hizo saltar las lágrimas a Inés

— Espero que sea de tez clara y no tan moreno como Pablo.

Daniel era rubio igual que ella. La idea le vino a su mente como un rayo. Su papá cariñoso notó emoción en su voz, no atinaba que decir. Los invitó a cenar al día siguiente. Inés se excusó, sabía que Pablo no tendría las mínimas ganas de ir.

En la ceremonia de título, tenía cinco meses. Inés recibió, tanto felicitaciones por su embarazo, como por su título de ecología marina. Consuelo hacía bromas diciendo que ella también había participado.

Con su título en manos, comenzaron a contactar empresas en su especialidad. Pablo era reacio a que Inés trabajara fuera de Santiago, y su trabajo se relacionaba con la producción lechera, no había compatibilidad de actividad laboral. Consuelo trabajaría en el norte en un laboratorio haciendo análisis para la crianza de ostiones. Se comunicaban a diario y le contó de una relación con un técnico que de una empresa pesquera. Inés no le compartía sus sentimientos ni su relación con Pablo. Consuelo trataba de abordar el tema, pero lo evadía.

— ¡Oye…! ¡Dime que te pasa! - le preguntó directamente.

Inés contestó en automático

— Nada.

No quería preocupar a Consuelo, pero extrañaba su apoyo. Tenía problemas. El trabajo de Pablo era muy intenso. Reuniones, viajes y carencia de relaciones por su embarazo. Cantidad de veces le dijo no le molestaba y quería, pero él rechazaba la idea. Pablo llegaba tarde con frecuencia. Muchas veces habiendo tomado. Se justificaba por tener que cenar con clientes. Inés no reclamó. En la soledad del departamento a veces acudía el recuerdo. Sin embargo, la relación con Daniel era el pasado. Evitaba pensar llamando a su amiga. Consuelo notaba que Inés no estaba bien. No hablaba de su matrimonio, solo de su embarazo. Faltaba poco para que naciera. No había preocupación por ella, para Pablo su trabajo lo era todo. ¿Era comprensible? Venía de una familia de esfuerzo. Pablo lucharía por una buena situación económica, se lo debía a su padre, le estaba yendo muy bien y estaba orgulloso.

La niña nació. Tenía la piel muy pálida. La mamá de Inés estaba satisfecha. En el departamento no tenía servicio ni menos enfermera, lo que no era aceptable para su madre, ella estaría a cargo de su nieta, en su casa. Esto no incomodó a Pablo. Estaba con más trabajo, los embarques crecían, necesitaba una bodega más grande, consiguió una en Buin, ideal para el negocio, un desastre para su matrimonio. Se quedaba en la semana en Buin.

Para Inés, en su casa de soltera, donde se había criado, recordó los tiempos de colegio, sus amistades, la universidad y a su gran amiga Consuelo. Las primeras salidas con hora fija de llegada. Los primeros pololeos. Varios, y Daniel. Grabado en su memoria. Terminaron antes que se fuera a Austria. Ella en segundo año y él se había graduado. Estaba postulando a la universidad en Viena. Quería un doctorado en ingeniería hidráulica. Mientras tuvo fuera, recibió un solo correo de él. Le preguntó si había alguien más. Inés nunca le contestó.

Pablo siguió viviendo de lunes a viernes en Buin. Incluso algunas veces se excusó de volver a Santiago. Era su mundo, se sentía cómodo. En casa de sus suegros era una visita.

Se abrió la puerta del dormitorio y apareció Consuelo

— ¡Amiga, qué sorpresa! - Inés no lo podía creer, no le había avisado.

— ¿Dónde está? —Estaba almorzando. Bajaron al comedor de diario. Los enormes ojos de Rocío fijos en esta persona que le sonreía inmóvil.

— ¡Eres preciosa!, exclamó Consuelo. —

— Sí —, contestó Rocío, palabra que a su año y medio conocía. Las risas llenaron la habitación.

No fue fácil para Inés relatar el proceso de deterioro de su relación con Pablo. Fue un desgaste lento, casi imperceptible. Extrañaba cariño. Sentía la falta de preocupación por ella y su hija. No estaba enamorada de Pablo. Se prohibía a sí misma aceptarlo. Su cariño por Daniel nunca había desaparecido. Ahora se presentaba en la forma que Inés temía. —

— He tenido solo dos relaciones intensas, - comentó Inés.

Consuelo entendió. Extrañaba más el cariño de Daniel que el amor de Pablo. El matrimonio de su amiga se derrumbaba.

Consuelo no estaba segura si debía decirle las varias razones por la que estaba ahí. Ayudarla, ya se lo había dicho, conocer a Rocío y decirle que Daniel quería verla. Consuelo siguió:

— ¿Te gustaría ver a Daniel? - Las imágenes, difusas, cobraron realidad.
— Dame su teléfono, yo lo llamaré —.

Pasaron varias semanas. No se atrevía a llamar. No sabía cómo iniciar una conversación. Por un lado, temía caer en temas personales y por otro quería escuchar la voz de Daniel. ¿Juntarse? Quizás. Le preguntaría sobre Rocío. Nunca supo, ni siquiera sospechó que pudiera ser el padre, pero sabía que tenía una hija.

Rocío preguntaba por Pablo, casi no lo veían. La respuesta era la misma. Mucho trabajo, no tenía tiempo.

Se armó de valor y llamó a Daniel. Daniel estaba sin habla. Inés repitió – aló – y contestó la voz que tantas veces le habría gustado escuchar. La conversación inconexa, interrumpida por silencios, dio paso a un diálogo que detuvo el tiempo. Daniel intuyó el sentir de Inés, le preguntó cómo estaba, – bien – fue la respuesta. Evitaba entrar en terreno personal.

— Estás en casa de sus padres, iré a verte – dijo.

— ¡no! – respondió Inés.

— Podríamos juntarnos, insistió Daniel.

Inés sugirió hablar después, lo volvería a llamar. Daniel insistió. Esta vez el Hard Rock del Costanera Center estaba lleno. No les preocupó ser vistos. Inés le comentó que no lo había pasado bien. Le tomó una mano dijo que lo extrañaba. A Daniel le palpitaba el corazón, ¿imaginaba lo que sentía? Inés había bajó la vista, notó que unas lágrimas corrían por sus mejillas. Acarició su rostro – nunca te he olvidado, te he querido siempre – ella le besó su mano. No sabía cómo abordar el tema. Tiritaba, unos nervios terribles, de improviso dijo:

— Eres el papá de Rocío -.

Daniel se paralizó, sus ojos abiertos de espanto, la miró, se sintió como el acusado a punto de recibir condena. Seguía inmóvil. No le salía palabra. – ¿tu hija?, ¿mi hija? – Inés asintió. El abrazo eliminó todo temor y las lágrimas se transformaron en llanto. Llanto, emoción. Abrazados y en silencio. Tenían una hija y no la podían compartir. Daniel volvió a su trabajo en el norte.

Pasaron varios días antes que Pablo apareciera por Santiago. Dijo estar cansado, recorrió todo el sur buscando nuevos clientes. Se quedaría únicamente un día. Iba a recibir un embarque en San Antonio y volver a Buin.

Esa tarde llegó Consuelo a ver a su amiga. Se encerraron en su dormitorio. Quería saber todo. Que dijo. Que hablaron. Inés comenzó: – Al contarle que era hija suya, se congeló – preguntó si Pablo sabía. Consuelo escuchaba perpleja, cada palabra, cada sílaba. —Pablo no sabe que no es su hija, es hija tuya Daniel – concluyó Inés.

Se abrió la puerta del baño. El rostro de Pablo estaba desencajado. La tensión era insoportable. ¿Ira, dolor? Salió de la pieza sin decir palabra. Inés se paró abruptamente para salir. Consuelo la detuvo – no Inés, ahora no – con una mirada la hizo entrar en razón.

No volvió a ver a Pablo, solo sabía que estaba viviendo en Buin. Inés se debía a su hija, no iba a fallarle. Necesitaba trabajar. Rocío tenía tres años, iba a un jardín, seleccionado por su mamá, a Inés no le gustaba. Estaba convencida de que debía partir de Santiago.

El instituto oceanográfico en Puerto Montt estaba desarrollando un proyecto en relación con el pelillo de mar, tema de su tesis. La contrataron para supervisar la siembra de pelillo en una bahía de aguas calmas en Chiloé. Cerca se encontraba una pequeña marina, ofrecía travesías por los canales y arrendaba cabañas. A Rocío el mar le pareció mágico. Ahí vivían todos sus personajes protagonistas de los cuentos que le había contado su mamá. A tres kilómetros estaba Quicaví. Un pueblito que tenía mercado, farmacia, consultorio y...colegio. En las vacaciones, Consuelo llegó de sorpresa.

— ¡Hola, amiga! Estoy en Quicaví, —.

Consuelo entendió la tranquilidad y alegría de vivir de su querida amiga transmitía en sus conversaciones y correos. Su proyecto era armar una empresa. La solicitud ante las autoridades estaba en trámite. Consuelo lucia contenta. Inés iba por buena senda. En las charlas, que nunca se detuvieron, incluso cuando Consuelo acompañaba a Inés a revisar las áreas de siembra – no echas de menos... – Inés contestó de inmediato antes que terminara la frase – a veces – y continuó sin tocar el tema. Comentó que para aumentar el área de siembra debían controlar las mareas extremas, si no la siembra quedaba en seco. Se estudiaba como lograrlo sin daño ecológico. Consuelo entendía el problema y lo discutieron hasta altas horas de la madrugada. Rocío insistió en ir a dejar a la tía en Quicaví. Se quedaron alzando sus manos hasta que la micro de Consuelo se perdió de vista.

Estaba en su escritorio acompañada por Rocío haciendo sus tareas, cuando el encargado de la marina tocó la puerta y entró a la oficina de Inés – la buscan, dice que es por una solicitud –.

Inés, sorprendida, balbuceo

– Que pase–, levantándose del asiento.

Daniel estaba frente a ella. Sostenía entre sus manos la responsabilidad de la obra. Él controlaría las mareas extremas.

EL OTRO MAR

Hola, estimado lector. Mi nombre es José y me llaman Pepe, a continuación, te contaré quien soy y lo que hago. Irás conmigo donde vaya. Me vas a conocer, claro, lo que yo quiera que sepas de mí. Puedes imaginarme, ser mi amigo y compartir correrías donde
ni siquiera sueñas poder ir y querrás volver. Solo no, tengo que llevarte. Explicaré algunas cosas, pero prepárate, necesitas también tu ingenio. No todo será lo que te diga. También hay fantasías. Estoy en tu mente. Puedes creer que existo y que escribí esta historia o soy solo un invento. Anda, acepta mi invitación.

Crecí en una caleta de pescadores. Mi padre no estaba casado con mi madre. Él no era mi padre. Yo tampoco era hijo de mi madre. Era hijo de la esposa del que ya no está con mi madre. En verdad no conocí ni a mi padre ni a mi madre. Tú te hubieras confundido igual que yo. Al que yo llamaba mi padre, René, le decían el Rucio. No sé por qué, tenía el pelo negro. Y a la que llamaba mi madre, el Rucio le decía Negra y no era tan morena. Crecí en medio de estas confusiones. La casa era una rancha más con un par de piezas con dos catres, la mesa en la cocina y la letrina en el patio.

El Rucio hablaba de los cabros. Nunca supe si eran niños o hijos de él o de la Negra. Yo vivía solo con ellos dos. No había ningún cabro. El Rucio salía a pescar todos los días. Fui con él una vez. No me gustó, era muy temprano y me quedé dormido en el bote. A ti te hubiera pasado igual. La Negra no salía de la casa. Lavaba todo el día, lo que le llevaran. Era su trabajo. También cocinaba, pescado, y papa. No sé si te gusta el pescado, a mí sí. Cuando era chico no, ahora que ya tengo doce años me gusta. Dicen que tengo que ir a la escuela. Sé sumar, restar, leer y escribir. Para ser pescador como el Rucio no necesito más. Tú debes saber más que yo. Estás leyendo mi cuento. Yo nunca he tenido un libro. Quiero tener un bote con motor y salir de noche a pescar. Cuando cumpla dieciséis, en la caleta aceptan aprendices.

Mañana salgo a pescar con los "viejos". Así se llaman entre ellos. Me aceptaron como aprendiz. El primer trabajo fue desenredar una red. No pude. Tú tampoco hubieras podido. Un par de "viejos" se reían, se reían de mí. Me pidieron que desenredara una red vieja que no servía. Pero así son, buenos para el chiste. Partimos antes que aclarara. Íbamos a sacar las redes. Las tiran de noche. Cuesta echarlas al bote. Te hubiera gustado ayudarme. En la caleta los compradores se llevaron toda la pesca. Los "viejos" estaban contentos.

En la noche, salí con el Rucio a echar las redes. Le pregunté si podía invitar a la Chave, la vecina del frente. Me miró enojado -

las mujeres no participan en la caleta —. Ni una palabra más. Entendí. Pero la Chave era bonita. Me gustaba. Nunca hemos conversado, pero nos miramos. Ella sí que es morena y tiene lindos ojos.

Tenía confianza en mí. Te lo dije. Soy el pescador que más saca. Nunca nadie a los dieciocho años había pescado más. La próxima salida me acompañas. Lo vas a pasar bien. Sin embargo, ahora te cuento. Estoy saliendo con la Chave, es tan linda... Me tiene agarrado. Cuando vuelvo de la pesca me quedo esperando para verla salir al colegio. En la tarde nos juntamos, antes que llegue a su casa. ¿Te la imaginas?, no obstante, te aseguro que es mejor.

Prepárate, mañana al alba salimos a recoger redes. Vamos solo tú y yo, nadie más, así no me creerán que estoy loco conversando solo. Cuando salgas acuérdate que hace frío. Llevo chaleco salvavidas para ti.

Te atrasaste, ya sé que es muy temprano, tenemos que salir antes que los "viejos". El bote es ese rojo con amarillo, La Cuna. Le pusieron ese nombre porque los que lo usan se duermen. Ayúdame a botarlo al agua. Todo esto es nuevo para ti. Ya están llegando algunos "viejos" vamos a remo, que no sientan el motor. El mar no está tan bueno, no te asustes, estos botes no se hunden. Suben y bajan con las olas. Esa boya está cerca, la tengo. Viene con harto pescado. Siéntate derecho o te vas a marear. Hay más, buena pesca. ¿No se ve la caleta?, las olas, están grandes, ya la vas a ver. Sé que no te subo a un bote de nuevo. Pero no me voy a burlar. Problemas, no me esperan con buena cara.

El Pedro casi me mata con la pura mirada.

— Nunca se sale solo, cabro de mierda, si algo te pasa la mala suerte nos dura siete años —.

Es verdad no debí salir solo contigo, pero valió la pena. Lo de "cabro" de mierda, me quedó dando vuelta. Capaz que los cabros de los que habla el Rucio sean de mierda. Le voy a preguntar. ¿Te come la curiosidad? No me dijo quiénes eran los "cabros". Insistí después de almorzar el pescado con una papa.

— Nada que te importe ni que tenga que ver contigo —.

— Pero cuando llegué el Pedro me dijo "cabro de mierda" y pensé que eran los que se portaban mal.

El Rucio no paró de reír. Me sentí incómodo. Dijo que eran los ayudantes de Pedro con las mercaderías para el almacén de su mujer. Le pregunté al Rucio si podía trabajar con los "cabros" en su negocio.

— No, sigue con la pesca, y no te metas en eso.

Ya tengo para comprar el motor, ahora voy por el bote. Es de goma, de los que usa la marina para desembarco. Lo compré con poco uso. A ti no te gustaría, es bajo de borda y no tiene mucho de donde afirmarse. No te voy a llevar de nuevo. Ahora tendré que contarte. Estoy echando las redes de noche. Voy con la Chave y su hermano, el Jani. Lo amenacé, si habla va al agua, no sabe nadar y no vuelve, pero es bueno con las redes. Nos cruzamos con el bote de los "cabros" de Pedro. Yo conocía a uno de ellos, el Perico. Me estaba esperando en la caleta. El Jani se llevó a la Chave sin que los vieran. Me preguntó si quería pega. No sé cómo supo, pero le dije que depende de que ofrece. Pensé en lo que dirías tú.

— Mañana en la noche nos juntamos acá, ¡no falles! – Dijo el Perico

Estaba con dos "cabros" más. Me preguntó si el bote era mío y como lo había comprado. Subimos y partimos a la mar. No había luna. Uno está acostumbrado, se ubica igual, tú te perderías, no sabrías cómo volver. Al poco rato el Perico sacó un teléfono que no era teléfono. Era para saber dónde estaba lo que íbamos a buscar. En un santiamén golpeamos con un bulto. Lo subieron al bote, no parecía pesado, aunque no era chico. El Perico me dijo que esta era la pega, recoger el paquete cuando él lo ordenara, con él o con algún "cabro".

— ¡Apaga el motor!

— ¿Qué pasa?

— La guardia marina. ¡No te levantes!

— Se fueron

— Esperemos, pueden volver

— ¿Y si nos pillan?

— Vamos presos.

Me asusté, pero la plata vale el riesgo. Seguro que son productos importados que recibe Pedro para no pagar impuestos. Recibo cincuenta lucas por cada viaje. ¿Te parece mucho?, no voy a perder la oportunidad, tenemos planes con la Chave. Va a estudiar en Santiago y pensamos casarnos cuando vuelva.

La pesca está buena, pero la "pega" mejor, un bulto por semana deja harta plata. Tiro las redes y recojo los bultos esa misma noche y los dejo en la playa Chica y llego a la caleta cuando ya no hay nadie. Hace días que el Rucio me pregunta de la pesca. Sospecha algo. Un día, enojado, me dijo, que no se me ocurriera andar con los "cabros" de Pedro. Estaba advertido. ¿Tú le hubieras hecho caso?

Tenía curiosidad por saber que tiene, y pregunté.

— ¿Te quieres quedar sin pega?, no vuelvas a preguntar - Me respondió Perico.

La Chave está de vuelta. Un año sin verla, la echaba de menos. Hablamos de sus estudios, prácticos y control tributario en el litoral. ¿Tú sabes lo que es "tribulario" ?, yo no sé nada de lo que me dijo. Pero estoy feliz, esta noche la Chave irá conmigo y con el Jani. A veces no quería que fuera para volver solos con la Chave, pero lo necesitaba. Sé lo que estás pensando y tienes razón. ¡Claro que quería! Volvió más mujer. Tú entiendes. Varias veces me insistió en ir solos, pero tocaba traer bulto.

Hoy el Perico me llamó para decirme que esta semana llegan dos paquetes. Los recogí y en la playa Chica, al desembarcar un foco, me iluminó el rostro, una camioneta de la PDI.

Eran policías. Uno de ellos era la Chave.

LOS CUATRO HERMANOS

Una vez sepultada la madre y luego de finalizar la ceremonia en el camposanto, los cuatro hijos se reunieron en la casa familiar, en pleno corazón de la Hacienda Corral. Construida en tiempos de la colonia, con gruesos muros, techos bajos y anchos corredores, cobijaba la historia del crecimiento de las fortunas más grandes de la región. Campos de cientos de hectáreas sembrados de trigo y antiguos viñedos cuyo vino se consumía en varios pueblos de la provincia y en su ciudad capital. Este campo lo heredaban ahora cuatro hermanos. Educados con profesores privados bajo la atenta supervisión de los padres. Javier, el primogénito, tranquilo y con un carácter sereno, amaba aquel paisaje, era su vida, nunca quiso salir de la hacienda. Raúl, el segundo, algo díscolo, dueño de una cordial simpatía, siempre alegre y preocupado por todos. Raimundo, el tercero, inquieto, vivaz y con exceso de imaginación. Jesús de Dios, el menor, nació prematuro, más débil que sus hermanos y delicado de salud. En la familia consideraban que su existencia era un milagro. Apasionado por los libros devoraba todo lo que estaba a su alcance. Sus hermanos lo adoraban, el Jechu, era la mascota. Los cuatro vivían en la hacienda con sus respectivas familias, casados y sin hijos, salvo el Jechu, que estaba soltero.

El sol de la mañana iluminaba el salón principal a través de las angostas ventanas. Javier rompió el silencio.

— Quiero estar a cargo de la hacienda - Raimundo manifestó que no tenía ningún problema, ya que lo había hecho desde la muerte del papá. Raúl se sumó y el Jechu asintió con una venía. Jesús de Dios dijo que no se iba a quedar en la hacienda, quería ser profesor, enseñar a los niños y estar cerca de ellos. Raúl dijo riéndose

— A lo mejor quieres ser cura - todos se sonrieron. No, dijo

— Quiero hacer clase, enseñar—.

Javier, Raúl y Raimundo continuaron viviendo en la hacienda, Jesús de Dios cumpliendo sus deseos partió a un pueblo cercano.

La prosperidad brotaba por doquier en la Hacienda Corral. Javier era un buen administrador, mejoró la producción de trigo y los viñedos deleitaban las mesas de la región con su excelente vino.

Una noche, durante la cena, frente a una sabrosa cazuela, vino y pan amasado, Raimundo expuso una idea:

— Con el aumento de la cosecha más trigo, se podría montar un molino y vendemos harina, no solo grano.

— ¿Competir con nuestros clientes?

— Los molinos que nos compran no están en nuestra zona. ¿Preparo un proyecto y vemos? —.

— Nuestro hermano soñador —. Javier asintió bromeando

Raimundo tenía el proyecto listo. Lo presentó después de la cena, con unos bajativos para entonar a sus hermanos. Más que entonados estaban sorprendidos. Con su entusiasmo habitual, mostró valores, construcción, instalación, el lugar, maquinaria, personal necesario, producto, tamaños de envases, y el nombre, "Harina los Corrales". Raúl y Javier cruzaron miradas, el proyecto era bueno...... ¡Muy bueno! Un abrazo triple sello el acuerdo, Javier se acordó del Jechu, tenían que contarle. No habían recibido noticias y temían por su salud.

El molino comenzó a producir harina en sacos y en bolsas. Se vendía la producción semanal en pocas horas. Aparecieron comerciantes que deseaban distribuir en la comuna. En poco tiempo Harina Los Corrales se dio a conocer como si siempre hubiera existido.

Don Ricardo Jordán, agente del Banco del Estado, recibió a Mauricio del Villar, a quien no conocía, solicitando por su intermedio reunirse con el propietario de la Hacienda Corrales. A la reunión almuerzo, don Ricardo llegó acompañado de Mauricio del Villar. Las presentaciones dieron paso a un aperitivo, Mauricio del Villar agradeció, lo recibieran para conversar sobre un proyecto conjunto con su empresa.

Pasaron a la mesa preparada con la mejor vajilla. La luz a través de las ventanas del amplio comedor proyectaba curiosas sombras de las copas sobre el mantel bordado, parecía la obra de un pintor.

Solicitaba la distribución de la Harina los Corrales. Su distribuidora crecía y necesitaba diversificar los productos para cubrir el territorio nacional. La presentación, extensa, precisa y detallada, aparte de captar el interés de los anfitriones, obligó a cambiar su consomé porque se le había enfriado. Discutirían la oferta, con una propuesta dentro de un plazo razonable. Don Mauricio, preguntó sobre el origen de la hacienda, los tres hermanos se quitaban la palabra, contando anécdotas de las generaciones anteriores dentro de la familia. Se levantaron de la mesa habiendo disfrutado del almuerzo y una grata conversación salpicada de anécdotas de la zona.

No necesitaron analizar demasiado, había que invertir en otro molino con mayor capacidad y responder a la Distribuidora del Valle. Raúl sorprendió a sus hermanos al decir:

— Podríamos cotizar también una embotelladora, así no solo entregaríamos nuestro vino a granel… —

Javier y Raimundo cruzaron miradas. El ingenio de su hermano les ubicaba frente a situaciones inesperadas. La idea no presentaba inconvenientes,

— Raimundo cotiza lo necesario y tu Raúl diseña la instalación – sugirió Javier.

Raúl, emocionado por el nuevo proyecto, exclamó - ¡podemos ofrecer el vino a don Mauricio!

Raimundo soltó una carcajada, - Seguro, ya estás vendiendo la primera producción – Tranquilo hermano.

Incorporaron el segundo molino, comprado con un préstamo del banco y la línea para embotellar con recursos propios. Raúl pidió hacer él la llamada:

— Don Mauricio, dentro de sesenta días puede hacer el primer retiro.

El montaje de la embotelladora resultó más fácil que el armado de un molino de tres pisos. En las pruebas solo se rompieron nueve botellas y el técnico culpó al fabricante y no a la máquina.

La actividad en la hacienda exigía trabajo. Olvidaron comunicar al Jechu los planes, proyectos y las novedades desde que él dejó la hacienda. Una carta lo puso al tanto de todo, estaba feliz por sus hermanos. Le preguntaban por sus actividades y le recomendaban cuidar la salud; sus respuestas eran optimistas, el proyecto de educación no le permitía ni respirar. No contaba que últimamente se sentía débil con calambres y puntadas a la espalda, lo atribuía a las horas que pasaba de pie. Ya pasaría, no diría nada; ¿para qué preocuparlos?

Para Raúl la entrega de harina no tenía mucha novedad, era habitual, pero soñaba vender "Vino los Corrales" reserva.

Don Mauricio del Villar, acudió al primer retiro de harina. Conversó con Javier y Raimundo, "Harina los Corrales" ya estaba en la lista de productos de la distribuidora. Raúl se incorporó a la charla…

— ¿Y, no se podría incluir nuestro vino en esa lista? –

Interrumpió con su eterna cara alegre y tremendos ojos abiertos, provocando una sonrisa en don Mauricio y unos ojos de – te vamos a matar – en sus hermanos.

— ¿Vino? Dijo don Mauricio.

La respuesta de Raúl fue instantánea. Él personalmente lo había dado a conocer en la zona; muy buen precio y excelente calidad. Don Mauricio pidió probarlo. En diez segundos tenía una copa en su mano.

— Lo tenías todo preparado – Sentenció Javier en voz baja.

— Bien, llevaré unas botellas de muestra. Pronto les contesto.

En tanto los tres hermanos se dedicaban a la hacienda, Jesús de Dios contactó a un profesor. Vivía con su hija lejos del pueblo en una casa modesta. Su larga y cuidada barba blanca, mostraba años y sabiduría. Escuchó a Jesús pidiendo le orientará como enseñar a leer.

— Hijo, ¿tú sabes leer?,

— Claro que sé

— Entonces enseña como tú lees y escribes – dijo sonriente. — estos niños aprenderán, son más inteligentes que lo que se ve.

De vuelta por el camino de tierra meditó sin parar la frase del viejo profesor.

Todos los meses su hermano Javier le depositaba una cantidad de dinero muy superior a sus necesidades. No escribía a menudo, pero les contaba su plan y que estaba feliz. Tampoco preguntaba mucho, suponía que en la hacienda todo marchaba bien. Para las clases, arrendó una pieza donde puso unos escritorios. Los hizo un carpintero del pueblo copiándolos de una foto.

Jesús ocupó parte de su tiempo en recorrer el caserío y los alrededores, consultando si había niños que no supieran leer. Encontró tres niños y una niña, entre 10 y 14 años. Asistían a clase en la mañana, todos los días. La mamá de la niña esperaba afuera, sentada en un tronco de sauce caído.

Una mañana, cerca del mediodía, se acercó y en voz baja le dio las gracias. Pensó que era por su hija, pero no, le dijo que ella no sabía leer y ahora escuchando desde la puerta algo había aprendido.

A partir de esa semana fue puerta por puerta invitando a los adultos. Las clases se harían en las tardes. El primer día tuvo que improvisar asientos, llegaron cuatro mamás y tres trabajadores del campo.

Con el tiempo, el grupo de casas se comenzó a conocer como el pueblo del profe. Él no se enteró hasta pasado un tiempo. Caminando por un sendero al borde de un canal que regaba un par de potreros, se cruzó con un labrador que lo saludó.

— Guenos días proésor -.

Respondió el saludo y movido por la curiosidad, se detuvo a preguntar por qué le había dicho profesor.

— Pero sí usté ive en el llamao "pueblo el profe" –

Emocionado, orgulloso, regresó a su casa en la calle principal, la sala de clase se hacía estrecha, cada mes se incorporaban más alumnos. En la zona, ya se sabía que en el 'Pueblo del Profe' había escuela y cualquiera podía ir. Con la ayuda de vecinos botaron el muro y unieron la sala de clases con la contigua, el pizarrón quedó visible de todos los rincones.

En la hacienda, comenzó el embotellado. La propuesta de don Mauricio era aceptable. Pronto hubo que contratar personal contable y administrativo. La Hacienda Corral se había transformado en un complejo productivo.

De tarde en tarde recibían carta de Jesús; estaba contento, haciendo clases, preocupado de sus alumnos y agradecía los regulares depósitos en su cuenta de ahorro. Javier planteó la idea de crear una sociedad anónima. Le comunicaron a su hermano Jesús, que ahora era dueño de 'Empresas Corral', tenía la cuarta parte de las acciones de la compañía.

Jesús, si entendió o no entendió, no le dio mayor importancia. Confiaba plenamente en sus hermanos. Les consultó sobre el aumento del monto de los depósitos porque le parecía que eran exagerados.

Le correspondían, que los disfrutara y así ocurrió.

Compró una enorme propiedad en el centro del pueblo, con antejardín y un corredor de lado a lado de la casa. El herrero del pueblo forjó en hierro la palabra ESCUELA y se colocó en el frontis. Invitó a los alumnos con sus familias a la inauguración, pero acudió casi todo el 'Pueblo del Profe' y también de lugares aledaños. Se entonó la canción nacional. Sorprendieron a Jesús de Dios con empanadas de horno y un vino 'Corral Tinto Reserva'. Todo acompañado por dos guitarras y voces infantiles interpretando tonadas y canciones.

Le costó conciliar el sueño por la emoción vivida junto con sus alumnos, sus familias y tantas otras personas.

Desde algún tiempo había bajado de peso y se sentía débil, se alimentaba mal. Contrató a la señora Anita, que se encargaba del aseo y la comida, rezongando por qué comía poco y "se lo llevaba escribiendo". La Felicia le lavaba la ropa. Madre e hija se llevaba malos ratos cuando comentaban que la Feli estaba enamorada del Profe. Doña Anita le contó que se estaba planeando ponerle nombre a la escuela – pero no diga 'na profe que me van a ecir que soy chismosa'.

A Jesús le llenaba de orgullo el que alguno de los jóvenes le ayudara con las clases, así él podía hacerse cargo de los más adelantados. La salud de Jesús se deterioraba. - Trabaja mucho y está muy delgado, - decía doña Anita – pero si come 'poco y na, ante flaco y está pálido, no se nos haya de morir el profe' – Virgen Santa, no diga eso amá –

El nombre lo instalaron en la noche,

ESCUELA Jesús de Dios.

Al día siguiente el silencio se apoderó del Pueblo del Profe.

Jesús había fallecido en sueños dejando una carta:

A mis hermanos.

Hacienda Corral.

Hermanos, estoy mal de salud, los quiero con todo mi corazón y dondequiera que vaya los tendré presente. Dejo en herencia todas mis acciones de la Compañía a la escuela en donde conocí personas maravillosas. Quien les lleve esta carta podrá acompañarlos al lugar que les señalo,

El Jechu

LA HISTORIA

Mi amigo estaba revisando uno de sus clasificadores de sellos cuando sonó el teléfono. Se trataba de un compañero de colegio con el que hacía tiempo no hablaba, se enfrascó en una grata conversación dejando el clasificador abierto.

Sucedió algo inesperado, un sello sin uso "mint" observa uno usado y le dice – qué sucio te ves -. El sello aludido se mira, asiente y responde que es por los viajes. - He visitado muchos lugares y estoy un poco cansado -.

¿Por qué has andado tanto?, yo no me he movido, estoy en perfectas condiciones.

Semanas atrás me compraron en una oficina de correos y me pusieron en un sobre, que contenía papeles. Cuando me pegaron, escuché – ponga el matasellos con cuidado -. Me entró pánico, ¡me iban a destruir!, pero no, me pusieron un lindo delantal que decía donde nací y la fecha. Así empezó mi historia.

¿Cuál historia?

La que te estoy contando, después me metieron en una bolsa. Días después sentí mucho ruido y un frío terrible y a las pocas horas escuché hablar en otro idioma, no sé dónde estaba.

— Qué cosas raras te pasaron-

Sí, me sacaron y me echaron en una caja con muchos sobres, eran de todas partes…muy raro. Al día siguiente una señora me puso junto con otros y se los entregó a un señor con una gorra azul que tenía una bicicleta.

Anduve por un lugar que no conocía. El señor de la gorra azul hizo sonar la campanilla, pensé que sería de la bicicleta, pero no, era el timbre de una casa, apareció una niñita que se puso feliz cuando le pasaron el sobre donde yo estaba pegada.

Entró corriendo y lo abrió (menos mal que no me rompió). Parece que se la enviaba alguien que la quería mucho. Me sentí feliz de haber llevado buenas noticias.

Terminé en un cajón, pasaron varios días, creí que se habían olvidado de mí… ¡Pero no! Me sacaron para bañarme; me limpiaron, secaron y guardaron en este libro.

Bueno, esa es mi historia, ¿cuál es la tuya?

Perplejo el sello nuevo no supo qué decir, él no tenía pasado… nada… y llevaba mucho tiempo en ese libro…no sabía qué decir.

Mi amigo terminó de hablar por teléfono y cerró el álbum. Así impidió que el sello nuevo pasara un bochorno ya que no tenía ninguna historia que contar.

LA CHICA DEL PARADERO

La encuentro en el paradero casi todos los días. Yo subo el bus y ella se queda. No le sirve el mío, supongo. Siempre bien vestida, aunque algo llamativa. No tiene más de 20 o 21 años. Con el pelo tomado se ve mayor, por lo general lo usa suelto. Parece prestar mayor atención al tráfico que a las personas. Nunca mira a nadie, intuyo que tampoco espera a alguien. Sospecho que permanece largo rato en el paradero. Salga temprano o tarde, mi bus siempre llega antes que el suyo. Un día bajé de la oficina al café en la esquina y la vi sentada ante una mesa absorta en una revista. Cruzamos miradas un par de veces, bebí mi café, ella continuó preocupada en la lectura. De vuelta en la oficina, me costó concentrarme, la imagen de esa chica permanecía en mi retina. Al salir por la tarde, no estaba, debió haber tomado el bus.

Al llegar al departamento, siempre oscuro, enciendo la luz y se prende el televisor, está conectado para romper el silencio. Siento los muros fríos, el techo más bajo. No me acostumbro a la soledad, extraño a Angélica, no va a volver, solo recuerdos. Cuando falta el ser amado, el tiempo transcurre lento. Me cuesta deshacerme de las cosas que mantienen viva la memoria de

Angélica. Regalé su ropa y artículos personales a su hermana, retuve la foto que nos tomaron en unas vacaciones. Tres años que se fue, me parecen diez. Cambié varias veces de trabajo pensé que eso ayudaría. No fue así. Ahora de nuevo, otro cambio, un cargo con más responsabilidad, ¿resultará? Puedo aplicar lo que estudié, los números siempre me gustaron, pero en las estadísticas, no en cálculos.

Por lo general a mediodía me asalta la imagen de la chica del paradero ¿va a estar, como andará vestida? Me distrae de mi trabajo. No son recuerdos de Angélica ni de nadie que conozca, solo de ella.

Salí de la oficina directo al paradero, ¿habría llegado?, ahí estaba. Miraba los vehículos pasar, los seguía como estando en un match de tenis. Al verla sentí tranquilidad. Desde una distancia prudente la observé con detención. El pelo suelto, le cubría parcialmente el rostro. De facciones delicadas, nariz fina y labios delineados algo gruesos. Giró su rostro, pude ver sus ojos, me pareció de mirada dulce algo triste. Vestía una blusa celeste y pollera burdeos. Angélica no hubiera mezclado esos colores, ¿por qué esa combinación me trajo el recuerdo de Angélica?, tal vez porque en sus últimos días me pedía ayuda para vestirse, le fastidiaba la cama.

Rumbo al Parque del Recuerdo me di cuenta de que hacía más de un año que no visitaba su sepultura. Recién fallecida la visitaba los 15 de cada mes, hasta que dejé de ir, me sentí más libre, no necesitaba del cementerio para recordarla, por el contrario, muchas veces al regresar al departamento me embargaba la tristeza. En esta ocasión no fue así, estuve largo rato sentado en el pasto pensando en nuestro tiempo juntos, años felices. En mi memoria había imágenes gratas, ningún sinsabor, no me sentí acongojado, sin la aflicción que por años me oprimía. Decidí volver caminando por calles desconocidas acompañado con las nubes del atardecer que me condujeron al departamento. Al llegar no encendí la luz y no tuve la sensación de abandono. Preparé algo que saciara el hambre y me dispuse a dormir. Tenía el presentimiento que el día siguiente sería diferente.

Y lo fue. Bajé por mi habitual café a la fuente de soda. Distraído, pensando en un programa de evaluaciones, tropiezo al entrar y termino en el suelo. Con esa vergüenza del torpe, recorrí el local mirando rápidamente, la chica del paradero tenía una leve sonrisa en su rostro. Me sonrojé, aparté rápidamente la vista, fui a la barra y pedí un café. La curiosidad me corroía. Un barrio residencial, sin comercio ni empresas, nuestra oficina operaba en un departamento, todos los demás eran residencias, si la chica vive por acá, debe tener un trabajo nocturno. Resolví acercarme a ella. Mi tropiezo al entrar era buena excusa. Gire hacia la mesa donde estaba, no había nadie, se había marchado.

Regrese al trabajo pendiente. No lo terminé, miraba la hora con ansiedad, esa tarde quería llegar temprano al paradero. Apena pude, cerré el escritorio y volé. Esperaba encontrarla, le hablaría. ¿Qué le iba a decir? ¿Hola? Vi que ya estaba, observé que un auto se detuvo en el paradero frente a ella provocando una frenada brusca de un bus y el consecuente bocinazo, el conductor del auto le enseño algo en su mano, ella subió y se marcharon. Era la primera vez que ella partía antes que yo.

Esa noche me desvelé. Aparte de conciliar el sueño con dificultad, desperté varias veces asustado de no haber escuchado el despertador. En el trayecto en bus hacia la oficina especulaba sobre el destino de la chica la tarde anterior. Sería el novio, un pariente o un vecino. Era una jornada difícil y me concentré en el trabajo, debía presentarlo durante el habitual almuerzo en la oficina. No sé si el almuerzo era malo o por mi nerviosismo lo encontré pésimo. Lo bueno es que fue aprobado y se publicaría.

Llamé a Felipe, mi amigo del alma. Conversamos largo rato sobre diversos asuntos y le conté de mi encuentro diario con la chica del paradero. Se rio y me dijo que estaba obsesionado, pero le pareció promisorio que me fijara en una mujer después de más de tres años de austera viudez. Salí antes de la oficina decidido a ir por mi café, y bueno, no solo eso. Entré y me preocupé de no tropezar ni mirar a ningún lado. Esta vez me senté en la barra donde pudiera ver la mesa que ella ocupaba habitualmente. Estaba distraída mirando por el ventanal, no tenía ninguna revista y jugueteaba con un llavero. Al poco rato se dio cuenta de que no le quitaba la vista. Cruzamos miradas, sonrió y no pude contener más mis sonrisas. Con coraje, valentía o simplemente impertinencia, tomé mi café acercándome a su mesa – siéntate -, dijo. Nos mirábamos sin cambiar la vista y sin decir nada. Comencé diciendo algo que la hizo reír. Le señalé que no sabía si saludarla en el café o en el paradero, dado que nos veíamos casi a diario. Se rompió el hielo. Le conté que me llamaba Enrique y que trabajaba en una oficina en el edificio al llegar a la esquina. Ella vivía cerca, y trabajaba haciendo turnos de noche, por eso se encontraban en las tardes en el paradero. Se disculpó al contestar una llamada diciendo – sí, habla Jennifer -.

Le informé a Felipe sobre mi breve conversación con Jennifer, estaba más feliz que yo. ¡Por fin amigo!, fue su espontánea reacción. Me preguntó de inmediato cuando la volvería a ver, - seguro en el paradero contesté -. Intentaría verla en el café nuevamente.

Pasaron dos días y apareció más tarde que de costumbre. Al entrar le vi huellas de una magulladura en su frente, aunque trató de ocultarlo con su pelo suelto. Tardé unos minutos antes de acercarme a su mesa. La saludé con una sonrisa sin mirar su rostro, pero se dio cuenta de que lo había notado y dijo que se resbaló a la entrada de su casa golpeándose contra la muralla. Me pareció que no era verdad. Inmediatamente, cambió la conversación, al parecer llovería, dijo. Aunque era fines de primavera y empezaba a hacer calor. De hecho, ella vestía ropa liviana que resaltaba su figura delgada y bien formada. Adoraba el verano, le gustaba ir a la costa, donde fuera, y detenerse a mirar el mar. Me dijo que el movimiento de las olas que jamás se detiene le transmite energía de vida. No sé a qué se refería con energía de vida, pero me pareció que era nostalgia, observaba la fuerza del mar, fuerza de la que ella carecía. Su rostro delató tristeza con la mirada perdida por un instante.

Cuando niña iba a la costa con sus papás, ahora solo de tarde en tarde. El trabajo no le permitía vacaciones y el tiempo libre era escaso. Sus ingresos eran ajustados a su necesidad y no le permitían divertirse. Lo dijo con una sonrisa un tanto forzada.

El tiempo pasó volando, era tarde, no volvería a la oficina. Caminamos en silencio al paradero, noté que era un poco más baja que yo, y tenía un cuerpo muy atractivo y un trasero muy bien formado. Mucho tiempo que no había reparado en mirar así a una mujer. Me despedí apurado y subí al bus.

Tuve que ausentarme, viaje a provincia una semana. Debía preparar a un auditor recién contratado. No pasó hora ni día en que la figura de Jennifer no estuviera presente. Saber más de ella. Hablé varias veces con Felipe, gozaba molestándome, que me enamoré, que parecía un pendejo de quince, que lo único que faltaba era que le llevara flores...y todo por haber conversado con ella un par de veces. Felipe era así, impulsivo, chistoso, catete, pero un gran amigo. Cuando murió Angélica fue mi pilar; mi familia dispersa, sin mis padres, fue muy duro enfrentar la realidad. Al principio nos vimos a diario, iba al departamento. Tener hoy una vida normal se lo debo a Felipe.

Mañana vuelvo a Santiago, y espero......espero, un café.

Qué decepción, la mesa estaba ocupada por otras personas. Sentado en la barra, pedí un café, cuando un dedo me pinchó las costillas – hola. Estaba de buen humor, alegre y conversadora. Hablamos de lo que nos gustaba comer, de libros, películas y personas. Le conté que era viudo y no tenía hijos. Bajó la vista en silencio. Pensé que dije algo equivocado. Su cara radiante momentos atrás y ahora con unos ojos rojos. Había recordado un episodio triste de su vida, que algún día me lo contaría. Ahora el preocupado era yo. Esta chica me importaba. Por ningún motivo quería estropear la comunicación. En un arranque impetuoso dije: ¡vamos a cenar! Se excusó diciendo que su trabajo no le permitía distraerse de noche. Contraataqué y la invité a almorzar el sábado, aceptó; nos encontraríamos en el paradero.

Me adelanté a la hora prevista, no sé si por impaciente o por verla caminar hacia mí. Ya estaba seguro de que me gustaba. Quería saber más de ella, su familia, donde estudió y cómo fue su adolescencia, amores, quería saber todo. Se rio cuando notó que me hacía el despreocupado, era perceptiva y se daba cuenta con toda claridad que me atraía. Anhelaba que ella también sintiera ganas de estar conmigo. Le gustaba la comida italiana, fuimos a un restorán tradicional en el centro, muy tranquilo. Sentados en una mesa junto a una pared con dibujos del foro romano me preguntó si había viajado y si conocía Italia. – No, no he estado en Europa -. Su apellido era Lombardi, natural de una provincia en Italia, Lombardía. Pedimos un antipasto para compartir y una pasta de fondo.

Esta vez, la conversación fue más personal, sobre el colegio de monjas donde estudió, de sus compañeras de curso, las que nunca más vio. Su sueño era estudiar, al mencionarlo, asomaron lágrimas. No pudo hablar por un instante. Guardé silencio, solo atiné a tomar sus manos. Sentí un ligero temblor que bajaba de sus brazos. Se disculpó y retomó la conversación:

— Pololeaba, llevaba seis meses cuando quedé embarazada. No supe qué hacer y rompí. Terminamos la relación, no le dije que estaba embarazada. Él nunca aceptó la ruptura y fue un mal final.

Yo estaba en segundo año en la universidad cuando nos encontramos casualmente. La conversación muy tirante al principio, después más cordial y fuimos al departamento. Ahí decidí contarle que estaba embarazada y era el padre. Enfureció, lo negó violentamente. Cometí el error de decirle que me haría un examen de ADN. Perdió el juicio y comenzó a golpearme en el estómago gritando – ¡No es mío! ¡no es mío! Mi compañera me encontró en el suelo y me llevó al hospital… Perdí el bebé.

Si antes yo no supe qué decir, ahora estaba paralizado. No le soltaba las manos y ella las apretaba cada vez más. Sentí angustia e impotencia al no saber qué hacer. Ella se dio cuenta, levantó la cabeza y me dijo – gracias, nunca le he contado esto a nadie -.

Abandonó la universidad y empezó a trabajar en diferentes partes. Hizo aseo en departamentos de edificios nuevos, prepararlos para la venta. Reponedora en supermercados y ahora hacía reemplazos nocturnos. Supongo que, en una institución de salud, pero nunca me especificó. Le pregunté por su familia. Eran dos hermanos nacidos en Italia, sus padres fallecieron allá, a ella a los cinco años la enviaron a vivir con un familiar, nunca supo de su hermano.

Después de almuerzo caminamos en silencio hasta la entrada de un cité donde vivía.

Tendido en mi cama esa noche pensaba en la soledad y tener que trabajar en lo que sea para sobrevivir. El domingo se hizo eterno, no tenía su número de teléfono, tampoco le pregunté cuál era su departamento. Soñé que no la vería de nuevo y desperté sobresaltado.

El lunes Jennifer no apareció en el café, ni en el paradero. Pude haber actuado mal y quería distanciarse, ¿la había acosado? Pero no, no hubiera aceptado salir. Al día siguiente, otro café, tampoco estaba. En la tarde corriendo hacia el paradero, la vi tal como ese primer día en que preocupada del tráfico, de los autos que pasaban, ignoraba el mundo a su alrededor. Me acerqué caminando más lentamente, aunque aún agitado, nos saludamos con un beso en la mejilla, por primera vez, sentí su suavidad y tibieza con el deseo de no separarme. Atarantado, le pedí el número de su celular, sonrió con una mirada pícara me preguntó para qué lo quería; Se me ocurrió decir – para almorzar el sábado. Su fuerte risa calmó mi inseguridad, nos veríamos nuevamente.

Llegamos a una pizzería que sugirió. La gracia no estaba en los agregados, sino en el legítimo queso mozzarella y una masa deliciosa. Así, cada sábado nos juntábamos en diferentes restoranes sencillos, pero con buena cocina.

Semanas atrás en el restorán donde almorzamos la primera vez, al pararnos de la mesa, y ayudarle a levantarse, nuestros rostros quedaron a pocos centímetros. Fue inevitable, aún discutimos entre risas, si la iniciativa fue de ella o mía, pero ese beso no lo olvidaré jamás. Nuestra relación avanzaba, pero ella evadía hablar de su trabajo. Nunca insistí, pensé que se desempeñaba en algún trabajo modesto.

No estoy seguro de lo que hice ¿debí hacerlo? Fui hacia el paradero antes que llegara. Me oculté detrás del quiosco municipal, entre los taxis y el paradero. Pasaron tres buses que yo tomaba, debió creer que ya me había ido. Media hora después un auto se acercó a muy baja velocidad, se detuvo delante del paradero mostró una tarjeta, Jennifer se acercó y subió al auto. Tomé el primer taxi de la fila. - Siga a ese auto por favor -. El chofer me preguntó si era policía, - no, no se preocupe y no pierda el auto -. El tráfico estaba enfermante, el chofer entre improperios y exclamaciones casi atropella un transeúnte. Alcanzamos el auto de Jennifer a una cuadra, en pleno centro, frente a un edificio moderno. Ella descendió del auto mezclándose con el tumulto de personas, alcancé a distinguirla ingresando al edificio. Pagué el recorrido, demoré un par de minutos antes de seguirla, estaba tenso con los nervios de punta, la consulta del conserje me pareció un asalto. Recuerdo haber respirado profundo, venía de la oficina, como ejecutivo, bien vestido. Con actitud de reserva, mirando a la puerta de entrada le iba a consultar, mencionó: - segundo piso, departamento A -. Subí, con curiosidad tratando de bloquear mis sospechas. Me abrió una joven con un gran escote y atrevida minifalda, ofreciéndome pasar y sentarme. A los diez segundos aparece un señor de buen vestir. Le indiqué que había escuchado que se podía acceder a servicios de chicas jóvenes para diferentes trabajos. Su sonrisa derivó en risa ahogada. - Muy ingeniosa y discreta la forma en que se refiere a nuestras actividades -.

Enterado de la forma de operar, no sé cómo logré mantenerme ecuánime sin mostrar sorpresa frente al caballero de buen vestir.

Deambulé por calles del centro sin destino fijo. Confundido entre ideas que no cuadraban con la experiencia vivida, ni con actitudes incomprensibles. No tocaría el tema con Jennifer por ningún motivo. Es ella, si nuestra relación continúa, quien debe hacerlo. Me sentí falso y ruin al ocultar lo que había hecho.

El sábado siguiente almorzamos minestrón en un restorán italiano tipo picada. ¿Los ingredientes del minestrón? Jamás supe. Mi mente se retorcía incrédula. Le insinué que fuéramos a mi departamento, después de almorzar. Aceptó poniendo una cara pilla. ¿Era verdad? Nuestra relación no cuadraba; no habíamos hecho el amor y no iba a ser la ocasión de hacerlo.

Llegamos al departamento paseando desde el restorán. En el trayecto me dirigió varias veces una mirada con sus ojos entrecerrados. ¿Adivinaba? ¿Tenía clara mis intenciones?, sabía que nunca haría nada contra su voluntad. Varias veces me dijo que era demasiado bueno e ingenuo. Uno no se analiza, pero que bien que pensara así. Al llegar, lo primero que me pidió, fue pasar al baño. Cuando salió tenía preparados dos cafés servidos. Era perspicaz, se dio cuenta inmediatamente que era la hora que nos reunía en la semana.

— Jennifer -, la seriedad de mi rostro cambió su semblante, dejó la taza en la mesa.

— Quiero que vengas a vivir acá -.

Nunca había abierto tanto los ojos, no dijo nada. Rompí el silencio diciendo que el departamento tiene dos piezas así es que…….. Me sentí idiota.

— Sabes poco de mí……

— Sé lo suficiente….

En silencio se cubrió el rostro.

La abracé y sentí a la chica del paradero llorar.

EL PAÑO

El Nico anda preocupado, escuchó que nos quedamos cortos de plata. La Yola no calla nunca. Le dije que no se amargara, que le iba a salir otra pega. Pero seguía como atontá y mal genio. Ná de raro que el Nico se meta en líos. No le gusta que su amá trabaje tanto. Siempre quiso ayudarla. Ha llegado mala gente a la población y ya han huido varios vecinos de nuestro pasaje, los que tienen cabros chicos están muertos de miedo. Del Nico aseguran que es pichón cazado, pronto cae. Hay mucho drama en la calle. El Nico cumplió quince, y no quiere dejar los estudios. Entre el Guata, que lo lleva por dos años y el cura del colegio lo palabrean. El Guata busca un ayudante y el cura, que no deje los estudios. Yo tengo miedo de que el Nico acepte, el Guata ya es jefe en dos pasajes y le colocó el anzuelo, le anunció que las lucas caen solas.

Un día antes de almuerzo, la Yola picaba cebolla en la cocina cuando el Nico pa callao me preguntó: papá, ¿qué es un "sapo"?

— ¿Quién te dijo eso?

— El Guata, me ofrece pega de "sapo", y de ahí, si lo hago bien me sube a soldado con paga fija.

— Hijo, ¡mejor que ni te vea con ellos!, venden droga, andan armaos, son mala gente, ¡no te vayai a meter ahí o te acordarás de mí! No sé si entendió, meneó la cabeza y no dijo ná.

La Yola planchaba en una casa de gente con lucas. Le anunciaron que ya no la necesitan. Regresa la mujer que estaba antes. Seguro que no se iba a dar cuenta, es naíta e tonta, si la otra hasta traía un crío. Ahora la Yola sale todos los días a buscar pega, pero ná ni ná. Y faltan los pesos.

Salí temprano rumbo a la fábrica, no tomé locomoción. Hacía frío, algunas pozas con escarcha. Al Nico le gusta pisarlas pa sentir como se rompen. Llegando hablé con mi jefe pa pedirle me diera dos trabajos, barrer los galpones y también el patio, por unas lucas más. Me dijo que, al principio por la misma paga, ¿cree que uno por ser menos letrao es weón? ...

— Cuida la pega, porque puede haber reducción - me dio la espalda y se fue.

Antes de llegar a la casa, pasé al bar del Juancho y me serví un par de Pilsen pa leantarme el ánimo. Ando con la cola entre la pierna y no es bueno que me vean así. La Yola en la cocina preparando la comida ni me sintió entrar y el Nico haciendo tareas, le metí conversa y no me pescó, dijo que estaba concentrado. Me gusta que sea así, le gusta ir a la escuela, el cura siempre le recuerda que sin estudios no es naiden. Y, yo quiero que sea más.

El Nico en la semana, puro estudio y lectura. Pero, no hay sábado que no salga, agarra el paño que la Yola le lava y desaparece después de la once. Dice que se junta con amigos del colegio, en otro pasaje.

El Nico se había ido y allegados a la mesa, con la Yola, nos pusimos a conversar de él... que pa onde iba... Y por qué regresaba estando oscuro. Y, con plata. La Yola no me lo quería decir, le pasa unas lucas a ella.

— ¡Seguro, ...! Trabaja con el Guata, de "sapo", hace señas con el paño cuando vienen los poli! -

La Yola no me sacaba la vista de encima, entre pena y rabia, me dio la furia, - ¡cálmate hombre! - Me pasó un vaso con agua.

Al poco rato salí en su búsqueda. Di vueltas y vueltas por varias calles, caminé sin rumbo, muchas cuadras, recorrí varios pasajes, unos vecinos me metieron conversa, pero los dejé lueguito, la cosa es que no lo vi por niun lado.

Era sábado salió corriendo después de la once. Salí al pasaje, lo seguí por una cuadra y de pronto ingresó al patio de una casa dijo – ¡gracias! - y salió cascando en una bicicleta. Enfiló por el pasaje. Yo sin bicicleta. Tomé la de un vecino que ni conozco. Lo alcancé antes de llegar a una calle con mucho tráfico, yo no soy bueno para la bici, el Nico caracoleando entre los autos dobló a la derecha y lo perdí de vista. Cansado paré y me acerqué al quiosco en la esquina, sentada en un piso había una señora gorda, casi no se veía.

— ¿Ha visto un cabro en bici? - pregunté

— ¿Al Nico?, me dejó la bici y se fue a la iglesia, … ¡La de ahí!

Una iglesia roja a media cuadra, la gente se estaba yendo, unos a pie y otros en auto, sentí la voz del Nico, ahí estaba, en medio de la calle, al lado de un auto moviendo el paño diciendo salga… salga…

dele… dele… dele.

UN ASUNTO DE VOCACIÓN

Ingresé al colegio, a los cinco años y mi tío Gabriel me regaló un violín. Era su primer violín, en el que aprendió a tocar. Según me dijo, estaba desafinado, pero él lo iba a dejar en buena forma para que yo lo usara. Cuando se escuchaba música en mi casa, lo que más me gustaba era precisamente el violín, mi tío me enseñó a distinguir los instrumentos y sabía cuál era mi preferido.

Mi padre no puso buena cara. Desde que nací, escuché que debía ser ingeniero para hacerme cargo de la empresa. Nadie me preguntó si yo quería ser ingeniero y menos si me interesaba la empresa. Mi padre siempre decía que la ingeniería era una carrera exigente y debía aprender a disciplinarme desde chico.

El tío Gabriel me enseñó la manera de tomar el violín y como hacer una escala. La primera vez que mi papá me escuchó practicando se puso furioso, no quería que me entusiasmara con la música; que iba a terminar igual que su cuñado, un miserable violinista que apenas disponía de recursos para comer y vivía de dar clases. Yo tenía cinco años y no me parecía que el tío Gabriel fuera pobre y siempre andaba contento.

Mi mamá, como todas las mamás son cómplices de sus hijos. Cuando mi tío ofreció enseñarme, estuvo de acuerdo, pero por ningún motivo papá se podía enterar. Según ella yo tenía habilidades innatas para música y podía llegar lejos.

Terminé la educación básica con un promedio de notas apenas más que aceptable. Mi padre insistió en que debía aplicarme. Los cursos de media eran importantes para ingresar a la universidad. Él estaba seguro de mi esfuerzo, dado que me quedaba tres veces por semana en el colegio a estudiar y mejorar las asignaturas débiles. Nunca le iba a decir que mi tío Gabriel me había regalado un violín mejor y que en el colegio practicaba con el grupo musical.

El más orgulloso era mi tío, decía que interpretaba las partituras con fuerza y pasión, se lo decía a mi mamá, pero nunca supe si era para su tranquilidad o porque era así, bueno, yo tampoco estaba muy seguro. La graduación de básica terminaba con la entrega de un certificado y un concierto a cargo de la orquesta de cámara del colegio. Estaban invitados todos los apoderados, pero era improbable que mi papá asistiera, nunca había ido a ninguna reunión, solo venía mi mamá.

Al final de la ceremonia, un grupo de señoras, rodeaban a mi mamá. Al acercarme, se le llenaron los ojos de lágrimas y me abrazó, estaba emocionada por los comentarios sobre mi participación – escucharte me sacó unas lágrimas - susurró al oído.

Mi tío me lo había advertido. Toda disciplina musical requiere de un gran esfuerzo y dedicación. Por un lado, no debía bajar mis calificaciones, pero prefería la música, estudiaba lo suficiente solo para evitar conflictos con mi papá.

Fueron años difíciles, mi padre me regañaba permanentemente, no llegarás a ningún lado, decía. Con el promedio de notas que tienes, con suerte solo puedes optar a un instituto, vas a ser un mediocre toda tu vida. Para mi madre también era difícil, discutían a diario. Repetía que tenía que encargarse de la empresa, que nunca nos había faltado nada. Que ella no sabía lo que era trabajar.

Todo cambió con el accidente. Mi papá, iba con su secretaria. Para mi mamá conocer de ese modo la realidad se volvió torturante. La invadió la tristeza. Se sumió en una depresión. Mi tío Gabriel me dijo una vez, cuando ya vivíamos juntos, que su hermana murió de pena.

Recuerdo el día de la graduación de cuarto medio. Mi tío Gabriel y mi padre sentado en el auditorio separados por una considerable distancia. Era tradición que el apoderado entregara el diploma al alumno. Mi papá ya se había percatado, debía ir al escenario cuando escuchara mi nombre. El director me nombró solicitando nos acercáramos. Le entregó el diploma a mi padre para que me lo pasara.

Un aplauso espontáneo invadió el auditorio al tiempo que se acercaba el profesor de música. El director retuvo del brazo a mi papá y expresó que por primera vez el colegio había decidido distinguir a un alumno, a Claudio Garcés, entregando una beca de estudios al conservatorio nacional de música. El auditorio se puso de pie aplaudiendo por largo rato. Ahí estaba mi tío, radiante con una sonrisa en su rostro. La ceremonia continuó con una selección de música clásica a cargo de la orquesta de cámara del colegio. Interpreté parte de una sonata de Beethoven. Mis dedos se deslizaban por las cuerdas en una danza continua guiados por la pauta y la emoción de la beca. Naturalmente, como conocía al dedillo la obra, el primero que se paró aplaudiendo fue mi tío. Entre los asistentes, un asiento vacío: mi papá. Le pedí a mi tío que me aceptara vivir con él.

La música fue mi vida hasta que apareció Jean. Estudiante de teclado. La vi por primera vez entrando apurada. No sabía en qué año estaba, tres años estudiando en el instituto y nunca la había visto. Esa tarde se lo comenté a mi tío. Rio, se burló con simpatía, diciendo que por fin me había dado cuenta de que existían las mujeres.

Yo asistía a clases diariamente. No nos topamos con Jean durante varias semanas. Saliendo hacia casa, la vi de pie en la puerta del instituto. Me sorprendió al preguntarme si era Claudio, el del violín. Respondí que no sabía si era el del violín o no, pero me llamaba Claudio. Nos reímos y se excusó por su falta de dominio del castellano. Desde ese encuentro nos juntamos a diario sin faltar un solo día.

Su padre, funcionario de Naciones Unidas, estaba en Chile en misión por tres años. Era francés y su mamá de Guyana. De ahí el tono cautivante de su piel, sus ojos intensamente negros, labios gruesos ¿y figura?, envidia de un escultor.

Sus primeras clases las tuvo en Ginebra, donde vivió 10 años antes de venir acá. El piano se rendía ante la habilidad de sus dedos acariciando el teclado. Era increíble, tocaba como el mejor de los maestros interpretando Beethoven, su compositor preferido.

En una oportunidad me animó a que estudiáramos juntos una sonata de violín y piano, eso fue antes que viviéramos juntos en la casa de mi tío Gabriel.

Nuestros ensayos se interrumpieron por el nacimiento de Lissette. Tiempo que dediqué al estudio del concierto para violín y orquesta de Beethoven. Al año y medio de mi graduación mi profesor me sugirió que empezara con obras de mayor contenido musical. Seguí su consejo y gracias a él, fui aceptado en la orquesta de cámara de Santiago y ahora integro los violines de la orquesta del Teatro Municipal.

Lissette llora al escuchar el violín, pero se duerme escuchando piano, lo que me da un poco de celos, pero cuando oye el violín junto al piano de Jean, es todo risas. El crecimiento de nuestra hija nos acusa el tiempo de estudio y práctica de nuestra música.

Jean se presentó en el Municipal con tres obras de Beethoven. La crítica fue mejor que el sostenido aplauso que la obligó a repetir una de las obras y a salir varias veces al escenario. Con Gabriel y Lissette, que no dejó de aplaudir. Varias veces gritó - mamá, mamá – generando risas espontáneas en quienes estaban cerca.

Una tarde inolvidable, no recordaba haber experimentado tanta emoción y alegría desde mi primera presentación con la orquesta del colegio.

Poco después, nos presentamos con Jean en el Municipal de las Condes con cuatro sonatas para violín y piano. El contrato era para dos funciones que se extendieron a seis; mientras tanto continué preparando el concierto de violín de Beethoven que ejecutaría a fines de mes.

Era mi primera presentación como solista. No puedo negar que sentí emoción y nerviosismo, el director, la orquesta y la audiencia, sentí el aplauso al entrar al escenario y pensé en mi madre, lo que sentiría si estuviera ahí en ese momento, y la sentí cerca. Jean y mi tío me entregaron la seguridad y el aplomo que necesitaba. Las primeras notas de la orquesta me llevaron a la inconsciencia del rededor, me sumergí en un trance capturado por la música que controlaba mi mano y dedos sin parar sobre las cuerdas.

Desperté con el estallido de los aplausos.

La asistencia, batiendo sus manos de pie, escuchando unos - viva – viva -, el sacrificio de años, las palabras hirientes de mi padre desaparecieron en una nube de fantástica realidad. Mi familia me esperaba en el camarín, añoraba el abrazo de Lissette con sus pequeños brazos, el beso de Jean y la sonrisa de orgullo y satisfacción de quien me regaló mi primer violín. Sobre la mesa había varios sobres con notas de felicitación, una de ellas decía que el concierto era lo más hermoso que había escuchado, firmaba:

— Tu padre -

ANDREA Y EL PAN

Doña Marta, era una persona conocida en el barrio, solía irradiar sonrisas y amabilidad. Los vecinos estaban extrañados de que ella mantuviera el mismo estado de ánimo, siempre jovial con todos en consecuencia que Manuel, su marido, había fallecido hacía solo una semana atrás. Admirados comentaban su fuerza y entereza sin igual. Otros auguraban que pronto se derrumbaría. Ella era el pilar de la familia y ahora no podía fallar. Soportó el alcoholismo de su marido, enfrentando con coraje ingratos episodios, discusiones y violencia. En la soledad de las noches asomaba el fantasma de la pobreza. Manuel faltaba al trabajo con frecuencia, y ella por las mañanas debía tolerar su hálito alcohólico, pero apreciaba su habilidad, no existía otro maestro panadero que se le igualara. Ahora que no estaba, la Panadería "La Flor" lo iba a extrañar.

Doña Marta sumida en la incertidumbre, apenas contaba con el apoyo de su hija mayor, Andrea de 16 años, luego estaban los mellizos Felipe y Juan de 10, los tres estudiaban. La escuela era gratuita, aunque los útiles se volvían inaccesibles, y... Con las cuentas... ¿Qué haría? Su única hermana, separada, residía en el sur. Tendría que trabajar, al menos media jornada, mientras los niños fueran a la escuela.

En Macahue, pequeña localidad donde toda la actividad giraba en torno a campos frutales, Marta recorría diversos negocios y casas ofreciendo sus servicios, pero en aquellos hogares no disponían de recursos para costear un servicio doméstico. Consiguió trabajo en una casa patronal, de las afueras a una hora "de a pie" como ella decía.

Andrea aprendió el oficio de su padre, preparaba masa antes de ir a la escuela y de regreso a medio día horneaba el pan junto con calentar lo que hubiera de almuerzo. Doña Marta regresaba del trabajo pasadas las tres de la tarde. Estaba afligida, su sueldo no cubría los gastos, y las deudas crecían.

Una tarde, con un nudo en la garganta habló con Andrea. Le había solicitado a don Humberto, si era posible que Andrea le ayudara en la panadería donde trabajó su padre. Doña Marta, con voz débil, le expresó que era por un tiempo, hasta que ella encontrara otro trabajo. Habían cerrado la casa del fundo donde ella trabajaba y prescindieron de su servicio. Andrea consiente que tanto su madre como los mellizos la necesitaban dejo la escuela y comenzó a trabajar en la panadería "La Flor".

La panadería desde siempre se alzaba en la misma esquina con un letrero que sobresalía hacia la calle principal, se trataba de una añosa casona de adobe de dos pisos. Destacaba por ser la única construcción alzada entre las de solo un piso. Pertenecía a don Luis, "don Lucho el panadero". En la crisis, había abierto una amasandería en el primer piso. Él hacía todo, amasado, horneo, venta y limpieza, su hija Ana se ocupaba de la caja, no había hombre que no la pretendiera, linda y arrogante, rara vez miraba a alguien a los ojos.

Don Luis, ya entrado en años, necesitado de ayuda, especialmente en el amasado, conocía a Manuel, por las deliciosas empanadas que hacía y no vacilo en contratarlo. La buena mano de Manuel produjo un aumento de la demanda. A don Lucho se le vinieron los años encima y perdió la fuerza de sus brazos, el amasado diario lo superaba. Por recomendación de Manuel, Humberto conocido suyo, entro a trabajar como ayudante, pronto quedó como jefe, Manuel bebedor habitual iba perdiendo sus habilidades.

Siempre arrogante Ana apenas conversaba con los clientes y a Humberto lo ignoraba. Pero en el transcurso de los días intercambiando una que otra frase no tardaron en trabar amistad. Ana cumpliría veinticuatro años. Don Lucho se preocupaba por el futuro del negocio; Manuel no era para hacerse cargo. Y, Ana, más cortante que amable, no tenía buen trato con las personas. ¿Humberto?, quizás, acaso demasiado joven, aunque se sospechaba que algo había entre él y Ana; pero era menor que ella, ¿importaba? No.

Al cabo de un año Humberto pidió conversar con don Lucho, este al inicio temió que el muchacho hubiese encontrado otro trabajo. No obstante, las palabras de Humberto le causaron asombro y desconcierto. ¿Le estaba solicitando permiso?, o ¿su aprobación para casarse con Ana? Ella nunca había dicho nada.

Tal vez era una intención de Humberto y ella ni sospechaba siquiera. Don Lucho seguía en silencio. ¿Ana enamorada de Humberto? ¡Jamás sospechó que su hija con ese carácter pudiera enamorarse de alguien así! Humberto aguardaba sin aliento. Seguro, pensó... no era el momento... Metí la pata, pensaba. Don Lucho, luego de sentarse con dificultad, logró articular palabra.

Humberto era buen panadero, había aprendido el oficio. Ana jamás se interesó, le cargaba la harina y el calor del horno. Él ya estaba en los ochenta y puede que Humberto fuera un buen administrador de la panadería. Con ojos entre intriga y pregunta dijo: - ¿ella sabe? - ¿Está de acuerdo? –.

Sabía que todo iba viento en popa. Ella era muy discreta. No quería que se enteraran de que se había enamorado de su empleado. Humberto no tenía familia. Los padrinos de su matrimonio fueron Manuel y doña Marta. Todo Macahue fue invitado. Los invitados desbordaban la Parroquia de los Santo Oficios. Se cerró la calle para los asistentes. La fiesta, a la que nadie faltó, se hizo en el gimnasio al frente de la parroquia. Los comentarios duplicaron los asistentes – ¿don Lucho estaba bien? – ¿Ana embarazada? – ¿Temía perder el tren? – ¿Vendería la panadería? –.

Al mismo tiempo que crecía el negocio se deterioraba la salud de don Lucho. Hacía meses que no aparecía en la planta baja. Se levantaba y con esfuerzo se sentaba en una mecedora al costado de la ventana. Disfrutaba mirando a las personas caminar en la calle, conocía la vida de cada uno. Cerraban la panadería a las dos y Ana le llevaba el almuerzo, lo encontraba durmiendo en su mecedora.

Humberto fue por Manuel a su casa – ¡Manuel, don Lucho no despertó! -. Corrieron las pocas cuadras que separaban su casa de la panadería. Ya había gente en la puerta.

El funeral de don Lucho fue más concurrido que el matrimonio de Ana. El cura tuvo dificultad en hablar. Conocía a don Lucho por más de 60 años. Se le quebró la voz varias veces. El silencio invadió la iglesia cubriendo como un manto a la multitud. Despedían a don Lucho, el más querido en Macahue. La mayoría de los negocios cerraron por duelo. Ana no lo quiso hacer, la panadería "La Flor" iba a seguir atendiendo a sus clientes, era el deseo de don Lucho.

Nunca se había formado una fila tan larga a la hora de salir el pan. Macahue entero agradecía a don Lucho, "el Panadero".

Ana, ahora, la propietaria del negocio más antiguo y conocido del pueblo, se sentía la reina de Macahue. La panadería prosperaba. Ana era buena en los números, Manuel y Humberto en el producto. Solo faltaba el heredero. Se comentaba que Ana no podía tener hijos, los chismes la torturaban. Tocar el tema con su marido bastaba para quitar el interés y deseo de relaciones. En vez de cariño y acercamiento, había cada vez más distancia.

Con los años el matrimonio se fue deteriorando. Llegó a ser una relación de rutinas, vacía. Unidos solo por el interés comercial. Ana pensó en separarse, heredó la propiedad y se casaron sin separación de bienes, a Humberto también le pertenecía "La

Flor". Era él quien conocía el negocio. Ana jamás había tocado un trozo de masa. La contabilidad es fácil, pero pocos dominan la técnica panadera. Manuel era magnífico amasador, pero fallaba en los tiempos de horneo. El alcohol lo tenía consumido. Doña Marta justificaba su ausencia. Últimamente, estaba faltando muy seguido.

El tiempo no pasó en vano. Una mañana el vecino de doña Marta avisó que a Manuel lo llevaron al hospital y había fallecido. Humberto no pensó en su fiel empleado, sino que él tendría que volver al amasado. Ya no estaba para esos trotes y su mujer le complicaba la vida. Doce años de matrimonio parecían un siglo. Manuel le ayudaba en el día a día. Pero su mujer, con ese genio terrible, lo abrumaba.

Cuando doña Marta se presentó a solicitar ayuda, comentando que su hija Andrea había heredado las dotes para la masa de su padre don Humberto sintió que sus plegarias habían sido escuchadas. Decidió conceder una oportunidad a Andrea, en el camino se vería si era tan buena como su papá. ¿Reemplazar a Manuel?, sería muy difícil.

Andrea se mostró eficiente y habilosa. Con el tiempo se hizo cargo del amasado y el horno. A la panadería también entró a trabajar José. Un muchacho del pueblo vecino que se encargaría de la limpieza y aseo todos los martes y viernes. Desde el primer día Andrea se convirtió en su amor secreto. Un día le solicitó a don Humberto ir tres veces a la semana por el mismo sueldo. Don Humberto, naturalmente aceptó, aunque sospechaba el motivo. Andrea era una joven atractiva, bien formada, con los pechos de doña Marta, envidia de muchas en el pueblo. Estaría atento. José debería comportarse.

Tanto Andrea como José advirtieron que el genio de doña Ana empeoraba. No hablaba sin levantar la voz. Declaraba que no estaba a gusto. Recriminaba a don Humberto por haber contratado a Andrea. Era muy joven y le parecía un peligro para ella. Tarde o temprano su marido la miraría no solo como empleada. A pesar de su genio y trato, Andrea era amable con ella.

Doña Ana estaba en lo cierto. Don Humberto hacía tiempo que ya miraba a Andrea con otros ojos. No perdía oportunidad para intercambiar algunas palabras que fueron derivando en charlas que hacían bajar la vista a Andrea y pintaban un leve rubor en sus mejillas. Se sentía incómoda. Para don Humberto la relación con su esposa se reducía solo a lo laboral. Los unía el negocio, nada más.

Cierta tarde en que Ana fue al doctor y la panadería cerrada, don Humberto se acercó y la abrazó por la espalda. Andrea no se atrevió a moverse. La besó en los labios. Nunca la habían besado. Asustada no supo cómo reaccionar.

Andrea llegó a su casa entre lágrimas y angustia. Se encerró en su dormitorio. Tras la insistencia de doña Marta abrió la puerta y entre sollozos intentó contarle lo sucedido. No pudo continuar hablando. Rompió en llanto y doña Marta no necesitó más explicación.

Al siguiente día, Andrea extenuada, no se atrevía a acudir al trabajo. Cómo enfrentar a don Humberto. Doña Marta, furiosa le dijo que no fuera más a trabajar. Andrea sabía que su sueldo era el único ingreso de la familia. Tenía que volver. Doña Marta se opuso, lo iba a denunciar, su hija era menor de edad. Andrea, con voz firme dijo categóricamente que ella lo negaría y que no la obligó. Doña Marta, con lágrimas en sus ojos, abrazó a su hija por largo rato.

Al día siguiente el incómodo era don Humberto. Andrea llegó como cualquier día. Solo su mirada reflejaba ira contrastando con su habitual sonrisa. Se acercó a doña Ana para preguntarle cómo le había ido en el doctor, esta no contestó y desvió la mirada. La tensión en el ambiente se podía palpar. ¿Lo qué había sucedido la tarde de ayer? No, no podía ser. Solo ella y don Humberto sabían. Era imposible que le hubiera contado. Don Humberto abrazó a su esposa. Tenía los ojos rojos. Había llorado. Andrea se concentró en su trabajo. José tenía encendidos los hornos. Doña Ana subió a su casa en el piso superior. Desapareció varios días. El doctor lo comentó con su enfermera, la enfermera era prima de la vecina de doña Marta, doña Marta se lo dijo a Andrea; doña Ana estaba muy enferma. Pero no sabían de qué. Don Humberto explicó que doña Ana volvería a la caja al día siguiente. José, con algo de imprudencia, preguntó que le pasaba. Solamente era algo de cuidado, recibió por respuesta.

Andrea era naturalmente afectuosa, doña Ana, anhelaba sentir cariño, y Andrea la escucharía, el médico le comentó que estaba muy mal de salud. Tenía un tumor y era gravísimo. Sin decir más palabras volvió el rostro a la caja y continuó escribiendo. Al volver esa tarde a su casa, su mamá y todo el pueblo ya sabía.

Era comprensible el humor de doña Ana. Terminado el horneo del día, Andrea subía al segundo piso a acompañar a doña Ana. Su conciencia le decía que lo ocurrido con don Humberto no estaba bien. La segunda vez que pasó quedó confundida, no se atrevió a rechazarlo. Aceptaba por temor. No se arriesgaría a ser despedida. Se mezclaban sensaciones. Don Humberto, el tumor de doña Ana, José sospechando. Prefería aislarse en sus obligaciones y cumplir. Subía al segundo piso. Doña Ana estaba sola se sentía abandonada. Andrea se daba cuenta de la frialdad de su esposo. Recordó cuando empezó a trabajar. Doña Ana no lo trataba bien. Incluso una vez le reprochó que se había casado con ella solo por interés. La relación no le importaba. Doña Ana necesitaba afecto y ella se lo iba a dar.

Doña Marta casi se desploma – mamá, estoy embarazada – le habló a su madre con la mirada fija en la pared. Doña Marta cubriendo su rostro con las manos, no articuló palabra. Para Andrea su silencio fue un latigazo.

— Perdón mamá -. Doña Marta abrazó a su hija. ¿Cómo podía sentir culpa? Andrea, su hija, ¿sacrificando su juventud para mantener la familia? - ¡No Andrea, no! – no le iba a permitir sentirse culpable. Ella era cristiana y siempre creía que los hijos vinieran de donde vinieran eran una bendición de Dios.

Mantuvo su embarazo en secreto. No lo mencionó a nadie, ni siquiera al responsable, no lo merecía. Pero no tenía certeza de cuando era su embarazo. Su relación con don Humberto estaba en una nebulosa. Entre rabia, deber, temor. A sus diecisiete años solo sentía culpa. Y tendría un hijo.

Doña Ana murió sin herederos. Don Humberto era el propietario de la Panadería "La Flor". Andrea, sin ningún preámbulo le dijo que iba a ser padre. Con una risita histérica y nerviosa la miró con la vista perdida. Claro, ahora se iba a aprovechar. - No es mío -. Fue lo primero que atinó decir. Andrea, con un aplomo que a ella misma sorprendió le dijo que se casarían. La risa de don Humberto pasó de nerviosa a un gesto rígido. Si no aceptaba lo acusaría de violación.

Pensó que era la alternativa para seguir con el negocio. Andrea no lo rechazaba como pareja, ¿Estaría dispuesta? Este matrimonio sí sería con separación de bienes. Andrea aceptó que la abrazara.

Fue un matrimonio discreto, la panadería no dejó de funcionar, y en el pueblo no cundieron las habladurías. Andrea, vivía en los altos de la panadería y visitaba día a día a Doña Marta, quien dichosa se hacía cargo de su nieto. El bautizo de Manuel, en la Parroquia de los Santos Oficios, fue muy sencillo, los familiares y José. Don Humberto con una esposa que conocía el negocio, amable y gentil con el público estaba en la gloria. Atendía la clientela con ganas y canturreando. La nueva esposa le había "hecho" muy bien, comentaban algunas chismosas. Los mellizos estudiaban por la tarde, y en la mañana, la panadería. Nació un excelente equipo de trabajo. Los mellizos eran divertidos y bromistas. Se llevaban bien con José. Ya no era sólo ir a comprar el pan. Algunas señoras se ponían de acuerdo para juntarse a conversar.

José cambiaba frente a Don Humberto. Se ponía serio. Nunca conversaba con él. Respondía sus preguntas sin acotar nada. No lo soportaba. No le perdonaba su abuso con Andrea. Don Humberto visitaba regularmente el Club Social los viernes, día que Andrea alojaba en la casa de Doña Marta.

Nunca había sucedido algo así en Macahue. La noticia se supo en minutos. Fue un robo o... una riña... alguna mujer de por medio.... ¿A qué se debía? No estaba ebrio. ¿A qué hora fue? ¿Tarde? ¿En la madrugada?

Encontraron a Don Humberto, tendido boca abajo en la cuneta con un cuchillo clavado en el cuello frente al Club Social. Andrea se enteró a medio día. La panadería abrió a la semana siguiente. Doña Marta en el segundo piso con Manuel, los mellizos en el mostrador, y José sacando la última horneada, había comenzado a trabajar jornada completa junto a Andrea.

SUCEDIÓ UN JUEVES

Sucedió un jueves, a las seis de la tarde, en 1973.

Reunión del coro de mis amigos en la casa de Pancho, calle Las Dalias. Yo no participaba. Jamás he podido entonar una canción y menos una nota. Me entretenía mucho, cantaban muy bien. Ese jueves apareció una joven que se integraría al coro. Me gustó, era lo que hoy dirían "guapa".

Al principio parecía inquieta, no se sentía confortable. Me acerqué y noté que era más bien introvertida. Hablamos poco, le pedí su número de teléfono. Dudó, no insistí. Al terminar el ensayo, se lo pedí a Pancho. Me dijo que vivía en El Vergel al llegar a Los Leones. Cerca de mi casa, yo vivía en Av. Suecia frente a calle Tranquila.

La llamé al día siguiente. Su voz denunció extrañeza. Con cautela conduje una conversación "sin ton ni son" - habría dicho mi mamá -. En la cena de esa noche con mis "viejos", les conté que había conocido a una niña que me había gustado mucho. La invitaría a salir a bailar. Se sonrieron.

Habilosa y franca, mostraba ingenió para desviar temas de sentimiento. Me costó entablar la conversación para decirle que me gustaba, que quería pololear con ella. Bajó la vista diciendo - apenas nos conocemos, hace menos de una semana -. Con cierta arrogancia dije - el tiempo no define la atracción ni los sentimientos –. Le tomé su mano. No la quitó. Entre la suavidad de sus dedos noté cierta humedad.

Sin decir nada la besé. Estábamos pololeando.

El año 73, el país estaba convulsionado. Mi pololeo también. Me había retirado de la universidad. Deje de estudiar. Mi suegro no lo aprobaba en absoluto – el pololeo con este joven que no estudia no me gusta -. Mi suegra, en la encrucijada hija/marido. La abuela de mi polola, un encanto. Siempre nos recibía en su departamento. Yo era bastante picaflor, por lo que todos advertían a mi polola que tuviera cuidado. Apostaban que no durábamos más de un par de meses.

Al cumplir un mes fuimos a bailar donde comenzó nuestro pololeo. Bailando una música lenta le dije al oído – no quería ver su reacción, solo sentirla – "me gustaría que fueras la madre de mis hijos". Ni una palabra. Se me vino a la mente el dicho, "quien calla otorga".

A los pocos meses vendí mi auto. Compré un anillo de compromiso. Ayer cumplimos 46 años de matrimonio.

Mención Honrosa 4° lugar - Providencia en 400 Palabras, 2021

TOMY Y EL MAYORDOMO

— Voy a comprar pan.

— Lleva paraguas, está lloviznando.

— No, es poco y voy cerca.

— ¡¡No seas porfiada mujer!!

— Vuelvo luego –.

Manuel temía que Adela se enfermara y él tuviera que trabajar el doble. La casa no era grande, pero según ella, había que hacer aseo y limpiar el piso todos los días. Estaba trapeando las baldosas de la cocina cuando golpearon la puerta. Adela podía entrar, tenía llaves, no hizo caso. Continuó el golpeteo en la puerta, dejó el trapero y de mal humor se dirigió a la entrada. Era un niño.

— Hola, ¿está mi mamá?

— ¿Quién es tu mamá?

— La Adela, y... ¿Quién eres tú?

— Manuel, el mayordomo.

— ¿Qué es un mayordomo?

— El que cuida una casa.

— Yo soy Tomás, pero en el internado me dicen Tomy, llama a mi mamá, dile que el Tomás está aquí.

— No está, fue a comprar, pero vuelve luego. ¿Quieres esperarla?

—¿Puedo pasar?

— Entra...

Observó alrededor y se sentó en el borde del gran sofá, la sala le pareció más pequeña, pero todo estaba igual. El aroma de la madera que emanaba cuando por curiosidad abría algún cajón, acarició el tapiz del asiento en el que no le autorizaban sentarse. La enorme lámpara central, le asustaba, encendida solo para lucirse frente a invitados; apagada sumía al salón en una triste penumbra. Manuel permanecía de pie junto al niño con su metro ochenta y cinco, bigote bien cuidado bajo una nariz delgada, pantalón negro y chaqueta gris corta. Hacía conjeturas sobre la criatura.

— Esta era mi casa; aun así, no te conocía, no estabas con nosotros – dijo Tomy con voz clara.

—¿Tú vivías aquí?

— Sí, cuando era chico, con Mr. Pecan, la señora y mi mamá. Y tú, ¿por qué estás acá? ¿Vives aquí?

— Cuando murió, la que llamas "señora", Lady Pecan, Mr. Pecan me contrató para que ayudara a la Adela en los quehaceres de la casa.

—¡Ah! ..., por eso no te conocía. Cuando me llevaron al internado la señora no se había muerto, yo era chico, tenía cinco años.

— ¿No te contaron que Lady Pecan había fallecido?

— No, no iban al internado, estaba con mis compañeros nomás.

— ¿Y no salías?

— En los fines de semana con un cura, el padre Antonio, nos llevaba a ver películas y una vez al zoológico. ¡En vacaciones lo pasamos bien!, fuimos de campamento a un lago. Eso fue el verano pasado. No sé este año.

— Es la primera vez que vienes. ¿Cómo saliste del internado?

— Me arranqué. Quería ver a mi mamá, decirle que ahora podía ir a verme, Mr. Pecan se había ido a Inglaterra y no iba a volver.

Una espontánea sonrisa iluminó el rostro de Tomy.

Manuel continuó:

— Cuando Mr. Pecan dejó el consulado, la casa quedó a mi cargo y a su edad era probable que no volviera.

— Ahora voy a tener mucho que contar en el internado y lo mejor... ¡¡mi mamá va a poder visitarme!!

—¿La Adela nunca te fue a ver en todo este tiempo?

— No la señora no la dejaba, dijo que si ellos pagaban mi educación mi mamá no podía ir. Era súper pesada conmigo. Yo le caía mal… Mayordomo Manuel, eres muy grande, me duele el cuello hablando para arriba, siéntate.

Manuel tomó asiento, sorprendido por la personalidad del niño, continuó escuchando el relato, tanto tiempo al servicio de los Pecan, y jamás escuchó semejante historia.

—¿No extrañabas a tu mamá?

—¡Claro! Llegué al internado cuando tenía cinco años, ahora voy a cumplir siete… sí, como dos años que no la veo.

— Entonces tú naciste en esta casa.

— No, en un hospital.

— Sí, …está bien… Pero creciste aquí.

—¡Esta era mi casa! Tenía una pieza para mí solo. Mr. Pecan me contaba historias de su país y me enseñó a leer y escribir, una vez apareció la señora y se enojó mucho. No le gustaba vernos juntos.

— …Era cariñoso contigo…

— Pero, la Señora para nada. Se enojaba a cada rato y me mandaba para la pieza. Ya me imagino si hubiera sabido que Mr. Pecan hacía "cositas" con mi mamá.

—¿Cómo "cositas"?

— En el internado le decimos así, lo que hacen los hombres arriba de las mujeres. Era muy pesada la vieja... perdón...la señora.

— Está bien, es bueno ser sincero.

— Oye Manuel, ... ¿Te puedo decir Manuel?

— Por supuesto, y yo te voy a decir Tomy, como en el internado.

—¿Podemos recorrer la casa antes que llegue mi mamá?

— Vamos.

La puerta de entrada anunció la llegada de Adela. Manuel y Tomy se acercaron en silencio a la cocina, dejó la bolsa con el pan en la mesa

— Adela, tenemos visitas –

En ese mismo instante en una oficina de correos en Londres depositaban un sobre dirigido a Tomás Pecan.

EL ASALTO

343... 343... código 343...

Asalto...

BancoChile...

Alameda Estación Central sujetos armados ...

Íbamos tan tranquilos, ¡ahora esto! Del banco no sale nadie. ¿Son dos o tres? Dos, sí dos. Ahí van. La mochila la lleva el pelucón. Que acelere el sargento, se van a escapar. Los autos no se corren, ni se inmutan con la sirena, ¡bien sargento!, vamos por la vereda. Casi mata una vieja, pero se levantó. Se están subiendo a un auto, es el rojo de cuatro puertas. Está yendo contra el tráfico. Seguirlo, no queda otra. Dobló en la primera, chocó al ciclista. Que se quite el peatón, que se quite el peatón. Que acelere, que acelere, chóquelo por detrás. No, no es ese rojo. Es el otro rojo el de adelante. Por la puta, ¡hay que pillarlo antes que se no vaya! El semáforo lo detendrá, las pelotas... ¡Se pasó con rojo! Que no se asuste el sargento, que lo siga, que lo siga...el bocinazo y ruido. Chocaron con luz verde, mala cueva. Que no se escapen, tenemos tres autos delante. Por la izquierda, frena el del lado, nos deja pasar. ¡Bien por el sargento! Ahora por la derecha. Estamos más cerca, un solo auto y los tenemos. Vuelven a la alameda. ¡Puta madre! El taco del carajo. Subieron al bandejón central. Arrasaron una carpa. Hay otras, de los sin casa. Que arranquen los huevones o los van a matar. Que acelere, ya no hay más carpas. Tomaron la pista contraria. ¿Van al centro? Giran en U. Los tenemos a la vista. Toman la 68 al poniente. Van sobre 160 kilómetros por hora, los seguimos igual. El sargento se afirma del volante. Dos eses y tres autos quedan atrás. Maneja bien el sargento, no se escapan. Les bloquearon la pasada, pasan igual, volaron los espejos. Un chantazo con ronceada, chocaron autos atrás. La sirena no para. Algunos se hacen un lado. Toman Vespucio al norte. No respetan los que vienen. Las bocinas no impiden el choque por alcance. La maniobra de lado a lado nos salva por un pelo. Ahora veremos, casi se nos pierde. A fondo el carro no da más de 170. Solo escucho nuestra sirena. Los tenemos… el taco no los deja adelantar. ¡Santa madre!, se fueron a la caletera. Si el sargento lo logra… ¡Putas, lo logró! Salimos, salimos detrás. En la caletera muchos camiones. Van despacio. El auto rojo como desalmado. Se van a matar. Se les atravesó el camión, cagaron…no, doblaron antes de chocar. Nuevamente la caletera. Ahora en sentido contrario. El sargento es un crack. Algún día se lo diré si salimos de esta. Nos acercamos a pocos metros… ¡Carajo! sin frenar suben a la autopista. Con cunetazo incluido entramos detrás de ellos. Que se agote la bencina, que se arranquen, qué más da, pero que pare esta locura. El sargento pareciera feliz, cada auto que esquiva le saca una sonrisa. Tengo los pelos de punta. Maldita ronda por la Alameda, y donde estoy. La gracia de un comienzo se transformó en una tortura para mis nervios. Ahí va el auto rojo. Obsesión del sargento, para el triunfo de su ego, atraparlos como sea lugar. Bajan a la caletera nuevamente. La vía clausurada. Cincuenta metros de frenado. Marcas negras en el pavimento, el auto rojo, está atrapado. Desenfundo mi arma, veo al conductor abrir la puerta con sus brazos en alto.

—¡No dispare…no dispare!

El sargento con la frente sudada y transpirado entero me escucha decir:

— Era el auto rojo equivocado.

ENCUENTRO DE AMOR

La feria de artesanos, instalada frente a la plaza, cobra vida todos los sábados en la mañana. Se escuchan los comentarios de la semana de trabajo, entre saludos, ¡¡abrazos y los - hola!! ¿Cómo estay? -. Margarita ordenaba sus pequeños canastos, sobre la mesa cubierta con un inmaculado mantel blanco, logrando un atractivo contraste. Su abuela le enseñó el arte de la cestería cuando volvió de Santiago. Usaba una hierba que se tornaba oscura con el tiempo, de color casi negro. Optimista, alegre, de gran simpatía, a sus veinte años era el alma de la feria y no faltaban "jotes", como llamaban a los que la pretendían. Su vida cambió desde que dejó la casa en la que su mamá trabajaba. Ahora se sentía libre, feliz viviendo con su abuela. Margarita era toda alegría, aunque de vez en cuando... bueno... casi todos los días recordaba a Carlos Andrés.

Con el sol de frente, sus canastos lucían bien, pero le impedía ver claramente la figura que se acercaba, su rostro la paralizó. No tuvo reacción alguna. Era Carlos Andrés con la mirada fija en sus pechos. Un escalofrío recorrió su cuerpo, tal como le sucedía cuando vivía en su casa. En fracción de segundos, miles de imágenes pasaron por su mente

y sensaciones por su cuerpo. No atinó a decir nada estaba frente al único
y gran amor de su vida.

— ¿Carlos Andrés?

Logró sobreponerse y contestó con un sí que hubiera hecho reír a
Margarita en otro tiempo.

Margarita tenía ocho años cuando contrataron a su mamá en
Santiago. Necesitaban una empleada para todo servicio puertas
adentro. El sueldo consideraba a Margarita y alcanzaba para
enviarle unos pesos a la abuela. En la casa vivían el "caballero",
la "señora" y el "joven" Carlos Andrés. Margarita, servía junto
a su mamá y en las tardes el "joven", le enseñaba a leer. Con el
tiempo y unos años, "el joven" se transformó en Carlos Andrés
y Margarita en una atractiva adolescente. A Margarita le
fascinaba el muchacho. No perdía oportunidad para asear su
dormitorio y estirar su cama. En una oportunidad, estando en la
ducha su figura desnuda se filtró hacia los ojos de Margarita,
permanecería en su mente para siempre.

Esperaba que llegara de la universidad para abrirle la puerta, él
tenía llaves de la casa, pero igual lo hacía. Pensó que Carlos
Andrés se había dado cuenta. La miraba a los ojos y sus pechos.
Margarita se sentía incómoda cuando la miraba así, pero le
gustaba. Su mamá la obligaba a usar delantal, no quería
problemas.

Carlos Andrés entró a la universidad; se encerraba en su pieza a
estudiar. Se había convertido en su obsesión. Lo observaba
caminar dentro de la casa, temiendo que la descubriera. Pasaba

horas sentada al final del pasillo solo para divisarlo. Irrumpía en su dormitorio cuando estudiaba con compañeros llevando café o bebidas.

— Harto "rica" tu nana, ¿no te la has "comido"?

— No, y no es la nana, es su hija.

Saliendo de la pieza escuchó; le gustó que la encontraran "rica" y triste por ser solo la hija sin nombre de la nana.

Al día siguiente, Margarita hojeaba un libro, era su diccionario, Carlos Andrés se acercó y ruborizada se lo pasó sin mirarlo. Levantó la vista y sintió sus labios en los suyos, el giro de su cabeza no evitó que sus labios se unieran nuevamente sin resistencia; ese beso desataría una pasión que iba a cambiar su vida.

Desconcertada, salió corriendo y se encerró en su pieza; le tiritaban las manos. Sentía vergüenza, … Y temor, si se enteraban.

Esa tarde Carlos Andrés pidió que le llevara una bebida a su pieza, apenas ingresar, la tomó de un brazo, haciendo que el líquido se derramara, cerró la puerta, y la besó. Al soltarla, ella no se separó y unió sus labios con más fuerza. Sus cuerpos unidos por el magnetismo de la atracción dieron paso a la desnudez y a una descontrolada entrega.

Abrazados sobre la cama, no encontraban palabras para decir algo y menos algo que decir. Carlos Andrés la acarició apartando el pelo de su rostro. Lo miraba fijamente sin reaccionar, inmóvil.

Sentirlo desnudo le trajo a la memoria cuando lo vio en la ducha, era tan lindo, le gustó recordarlo. Ahora estaba ahí con él. Reaccionó y saltó de la cama con pánico de ser descubierta, y a medio vestir desapareció.

En la mañana, Margarita sirvió el desayuno. No cruzaron miradas, le temblaban las manos. Carlos Andrés acarició su brazo y le dijo que volvería temprano de la universidad. Esas palabras gatillaron su salida veloz del comedor. Estuvo inquieta todo el día. Lo sintió llegar. Se quedó en la pieza. No quería hablar con él. Preguntó por ella, su mamá le indicó que estaba en su dormitorio. Margarita no sabía cómo comportarse. Carlos Andrés era el hijo del "patrón", pero lo que sucedía con él, ahora le atraía mucho más.

Los dueños de casa se ausentarían por un tiempo, el campo estaba en plena cosecha. Una mañana Carlos Andrés llamó a Margarita, su mamá andaba de compras. Escondido detrás de la puerta, al entrar la abrazó besando su cuello, la fingida sorpresa culminó en un beso sin una sola palabra. La desnudó en un instante…, sus manos recorrieron su cuerpo con lentitud, buscando con pasión la satisfacción del deseo. La amó sin quitarle la vista del rostro, quería verla y sentirla.

Esta segunda vez no se quedaría en silencio, le iba a hablar. Ya no sentía vergüenza y no deseaba que esto terminara.

Margarita esperaba a diario, con impaciencia, que su mamá saliera a comprar. Hacer el amor era el cielo mismo. Varias veces estuvieron a punto de ser sorprendidos; no le hubiera importado que su mamá se enterara. No salía corriendo de la habitación, conversaban, le faltaban las palabras para explicarle lo que era hacer el amor. Carlos Andrés le llamaba "tener sexo", pero no le importaba como le dijera.

No escucharon cuando la puerta se abrió, pero sí el portazo al cerrarla. El "patrón" había llegado y estaba esperando a la mamá de Margarita. Encerrada en su pieza, escuchó cuando el "patrón" gritó diciendo que su hija debía irse inmediatamente, porque no quería putas en su casa.

No estaba preparado para el encuentro. Miraba a la mujer que estaba al frente, le pareció una imagen celestial con la figura más hermosa que haya visto.

No tenía el coraje para enfrentarla. Era ella, era esa Margarita la que decía "hacer el amor" cuando él decía "tener sexo". ¿Cómo le iba a decir que su mamá había muerto?

Vio que en sus manos sujetaba un canasto de los que ella hacía. Le preguntó dónde lo obtuvo. Frase mágica para comenzar la conversación. Le pidió a su vecina que cuidara su puesto y se dirigió con Carlos Andrés a un banco en la plaza frente a la feria. Sollozaba con angustia derramando lágrimas en su hombro mientras escuchaba como en una feria en Santiago encontró un canasto negro igual al que tenía su mamá en la pieza, le dijeron que lo hacía una viejita, de nombre Margarita, en Runancu, un pueblo en el sur. Nieta y abuela con el mismo nombre. Margarita, le agradeció las molestias que se había tomado para contarle que su mamá ya no estaba. Aún abrazada a Carlos Andrés, Margarita le dijo que nunca olvidó su primera relación y único amor. Para Carlos Andrés también era su primera relación y único amor.

LA MEMORIA DEL PINTOR

En el segundo piso, calle Dardignac 140, cada mañana el sol entraba al taller de Mateo por la ventana que mantenía sin cortinas. Para desayunar no tenía hora, dependía de su despertar. Con el tazón de café en sus manos, disfrutando el aroma de los recuerdos, observaba el paisaje urbano del barrio bellavista, quieto a esa hora del día. Añoraba los tiempos cuando se levantaba a pintar y en pocas horas un cuadro concluido. Esperando cumplir setenta echaba de menos la memoria y la compañía. Elena ya no estaba, se mudó a dos casas, en la misma cuadra. Iba a verlo de vez en cuando, el cariño de años juntos permanecía. Lo conoció como pintor, decía que era lo único que sabía hacer, vivía solo. Él le contó que su madre en Italia, le enseñó a dibujar, pintaba acuarela. En esos años de escasez, óleo y pastel no se encontraban, todavía guardaba una acuarela de su madre, un buque de vela en medio del mar. Cuando llegaron a Chile, tenía siete años, entró al colegio. Le iba mal, se burlaban de su idioma, aún conserva el acento de su lengua natal. Lo que le gustaba era dibujar, lo hacía a diario. Fallecieron sus padres, contaba con dieciocho años, necesitaba mantenerse. Juntó sus dibujos y acuarelas y salió a vender. Se paró en plaza Italia, a unas cuadras de su casa, a ofrecer sus acuarelas. Las personas lo miraban con simpatía por su forma de hablar, pero nadie le compraba. <<Acompáñame le dijo un tipo mayor>>. Tenía un quiosco. Colgó los dibujos y acuarelas entre los diarios y las revistas. No recuerda cuantos vendió ni el valor que le pagaron. Así se supo dónde se vendían los dibujos de Mateo, por gratitud nunca las llevó a otro lugar. Sus obras estaban siempre a la vista en el mismo quiosco. En esa época, Elena, un par de años mayor, se fue a vivir con él, más por conveniencia que por atracción. La relación comenzó con un par de encuentros en la cama, pero vivían solos y compartirían gastos.

Pasaron años y Mateo era el pintor de Plaza Italia. Continuó con el dibujo en tinta y la acuarela, todos los colores estaban uno al lado del otro, solo agua y un pincel, era fácil de usar. Paseando con Elena por el centro en calle Estado, una vitrina lo detuvo. Mostraba una caja que parecía contener mil colores. Entró seguido de Elena, buscó la caja de colores, le señalaron el subterráneo. Bajó. Embebido en su pintura de acuarela, instruido por su madre, no reparó en otras técnicas, ni óleo ni pastel. Frente al mueble de las tizas de pastel, salpicado con los colores del universo, su mente se paseó por infinitos lugares imaginando paisajes y muchedumbres, colores deslumbrantes, tonos apagados, naranjas y rojos agresivos, todos listos para aplicar. Sin agua ni diluyentes. Aquí no había nada que preparar, imaginabas el color y lo tenías en tu mano. Cada color en la acuarela era una pincelada, acá podía guardarla para volverla a usar.

Tardó en contestar el saludo del dependiente. Sin mirarlo dijo gracias y salió a la calle.

Del brazo de Elena retornó al taller, concentrado en lo que vio, subió solo, no la hizo pasar. En un par de días preparó un cartón con pinceladas de cada color, los que usaba y sus tonos. Con las pruebas de color y las acuarelas que encontró, dejo el taller. Entregó las acuarelas en el quiosco, percatándose que había olvidado el muestrario de colores. Volvió a buscarlo.

Bajó directo a subsuelo, esta vez fue Mateo quien saludó. Seleccionó los pasteles de igual color a las pinceladas de acuarela, gastó lo que tenía. La emoción de la compra lo llevó por otra calle, olvidó el camino corto. Apuró el paso y subió deprisa por error a la casa de Elena. Se sorprendió al verlo aparecer, nunca iba a su casa. Confundido solo se le ocurrió mostrar su compra. Elena prefirió acompañarlo a su casa. Se mostró inquieto por su presencia, quería que se fuera. Tenía prisa por aplicar color sobre una hoja en blanco arriba del mesón.

Trabajó sin descanso hasta que la oscuridad se lo impidió. Miró su obra en pastel, tomó la caja de acuarela, la cerró con cariño y la guardó en un cajón. Se multiplicaron los dibujos al pastel, en el quiosco llamaban la atención, colores más intensos que la acuarela.

Elena lo encontró furioso. No encontraba el color. El desparramo de colores en la mesa lo alteraba. Confundía los distintos verdes. Aplicaba el equivocado. Rompió varios bocetos frente a ella.

La sugerencia de Elena. El boticario ya no usaba el mueble pastillero. Tenía pequeños cajones donde podía guardar cada color y usarlo sin cometer error. Don Jeremías el boticario le regaló el pastillero. Sesenta cajoncitos acomodaron cada color. Mateo sabía dónde estaba el requerido, lo usaba y volvía su lugar.

De la calle, Elena escucho la fiereza de su voz, subió corriendo. El pastillero en el suelo, los colores por doquier y Mateo entre sollozos y lamentos buscaba el azul índigo para pintar la profundidad del mar. No sé dónde está, no recuerdo el cajón que le corresponde. Vio las piernas de Elena y contuvieron su desesperación. Sentado en el suelo recogía los colores sin saber su correspondiente lugar. Elena de rodillas a su lado le ayudaba sugiriendo que numerara los cajoncitos para cada color, así recordaría su ubicación.

Elena subió a verlo días después, estaba abriendo y cerrando cajones alterado sin encontrar el color que buscaba, repetía números recriminándose no recordar cuál era el amarillo de cadmio. No sabía dónde estaba, ni donde lo puso.

Esa tarde, Elena regresó a taller, Mateo más tranquilo observaba un dibujo recién terminado. Desechó usar el amarillo de cadmio, nunca lo encontró. Le tendió un paquete de regalo, desde su infancia, Mateo no recibía ningún regalo. Elena le ayudó a anotar en la libreta de regalo los nombres de cada color con el número del cajón correspondiente. El pastillero volvió a su lugar cobijando los colores ordenados.

Elena vio que en el quiosco aún quedaban acuarelas de Mateo. Compró un par de berlines para la once, subió al taller, preparó café y vio a Mateo pintando con pincel, un vaso de agua y la caja de acuarelas abierta.

— Rescaté la acuarela – dijo Mateo

—¿Y la libreta de los colores, no te sirvió?

— No me acuerdo donde la guardé.

SENTIMIENTOS EN TINIEBLAS

Gianna, necesito conversar contigo. Te dejo esta nota bajo la puerta. Tal vez estás ocupada. No es nada tan urgente, pero eres la persona en quien confío. ¿Puede ser cuando ya no estemos ocupadas?, ¿en la noche antes de dormir?

Melody

Tocaron la puerta, era Gianna, preocupada; éramos muy unidas y nos cuidábamos mutuamente. Sentada en el borde de mi cama tomó mi mano.

— Me asustaste, ¡pendeja! ¿Qué te pasó?

— Perdona, no quise asustarte.

— Nunca me habías mandado un mensaje, pensé que te había ocurrido algo.

— Quiero contarte…

—¿Por qué te sonríes?, No te rías, cuéntame.

— Creo que estoy enamorada…

—¡Nooo…, la cagaste, no te puedes enamorar!

— No sé. Por eso quería conversar contigo. A ver qué me dices.

— Ya, ya, ¡suéltala! ¿Es el cliente que viene los domingos y siempre te elige a ti?

— Sí, se llama Reynaldo, es muy caballero, considerado, amable, me trata bien, viene todos los domingos. No ha faltado en cuatro meses. ¿Crees que le gusto, aparte que hago mi trabajo?

— Claro, el príncipe azul de la prostituta más tonta del planeta. ¡Atina Melody! Es solo un tipo que busca placer por un rato. ¿Qué le gustas? ¡Qué pendeja eres! ¿Piensas que hizo una manda? ¡Claro que le gusta tirar contigo!

— No me refiero al sexo, sino a mi persona.

— En nuestro trabajo tenemos que pensar hasta convencernos de que todos vienen por sexo…entiéndelo, ¡sexo!

— Pero él no es como otros que montan, acaban y se van, se queda, me pregunta de mí, conversamos.

— Me estás preocupando, ¿te ha hecho sentir?

— Sentir que…

—¡Por favor, con quien estoy conversando! Acabar, …pendeja.

— No sé.

— Ella, claro, no sabe lo que es acabar, la puta más puta de la casa no sabe si acaba o no.

— Quizás, a veces. Tú sabes... con él hasta fingir me gusta.

— Vamos... ¿También dejaste que te besara en la boca?, ... por favor, dime que no......

— Yo lo besé... Sí, nos besamos y acabamos. Por eso creo que siento algo más...

— Melody, siempre te voy a ayudar en lo que pueda, cuenta conmigo. Pero a este debes dejar de verlo. Vas a sufrir y no lo mereces. Eres una pendeja adorable de veintitantos y muy ingenua. Piensa lo que conversamos y mañana me cuentas más.

Pensaba en lo que me dijo Gianna, que debía cortar esta relación de los domingos, cuando sonó la campana del salón anunciando la llegada de un cliente. Al entrar al salón donde nos presentaban, fijó su mirada en mí. Era un cliente que no conocía. Madam Georgette me hizo una seña; había solicitado mis servicios. Era joven, delgado, atractivo y bien vestido, el mismo estilo que Reynaldo de los domingos. En mi pieza y sin preámbulos, desnudos, unimos nuestros cuerpos. Con los ojos cerrados, sentía la pasión del joven, pero era Reynaldo de los domingos con quien estaba. Abrí los ojos junto con un ahogado suspiro; como Gianna dice, debemos fingir, lo hice, y todo terminó. Aún desnuda sobre la cama, lo vi vestirse calmadamente sin dejar de mirarme, se despidió con un beso en mi mejilla.

Gianna golpeó la puerta, yo ordenaba el desorden habitual después de un servicio, se sentó en mi cama tal como la noche anterior. Su mirada era de pregunta y curiosidad, exigía respuesta.

— Y... ¿Pensaste en lo que conversamos anoche?

— Algo...

— Te estás sonriendo...

— Atendí a un lindo muchacho, hice lo que debía mientras pensaba en Reynaldo de los domingos...

—¡Pendeja, no has aprendido nada de lo que te enseñé! Te traje para acá, te salvé de tú sabes quién. Has sido mi amiga y compañera, fiel a mis consejos, ¡pero claro! ...como tengo más de treinta lo que digo ya no corre, ¡y ahora te vas a hundir por un meloso!

— Siempre te agradeceré que me libraras de mi padrastro, aunque no sé si era necesario matarlo.

—¡Te violaba a diario! Era un maldito pervertido.

— Acá encontré lo más cercano a una familia y el sentido de vivir, aprecio la vida gracias a ti......

— Y a conducirte como prostituta sin sufrir, ¡nunca entregarse!

— Me enseñaste a esquivar el amor, como dejarlo fuera de nuestro trabajo, ¿y ahora como desato el lío que tengo en la cabeza?

— Melody, solo tú puedes hacerlo. El tiempo te va a ayudar, siempre que desistas de Reynaldo de los domingos.

— La primera vez no tuvimos ningún contacto físico.

— Entonces, este tipo es raro.

— A mí también me pareció. Quería conocerme, me encontraba linda y no entendía por qué estaba acá.

—¿Le contaste?

— Con mucho filtro. Me dio a entender que lo sentía mucho.

— Por eso no quiso hacerte el amor, le diste lástima.

— Tú me dijiste que jamás preguntara cosas personales a quien le daba servicio. No necesité hacerlo, él me habló, ¿lo iba a callar? Era viudo, su esposa había fallecido de malaria, sin hijos, tenía 34 años, trabajaba como abogado, y no visitaba prostíbulos. En muy pocas palabras resumió quién era.

— Cuéntame más… ¿cómo te enamoraste?

— La primera vez que hicimos el amor fue increíble. Me trató con una deferencia ajena a la circunstancia. Su delicadeza me hizo sentir como si yo fuera virgen.

— Yaaaaa……

— Su pasión me hizo sentir persona, no como un objeto. Al final nos quedamos varios minutos abrazados sin movernos, … Y lo besé en los labios. Me acordé de tus consejos, pero no pude evitarlo.

— Que daría para que todos los que vienen se comportaran así.

— Se vistió y hablamos largo rato.

—¡¿Se quedó conversando?!

— Sí, me preguntó que me gustaba hacer, si tenía amigas, si salía, y otras cosas más. No tenía respuestas, nunca dejo la casa, tú lo sabes. Inventé cuanto pude, situaciones que no había vivido.

— Por lo que dices me parece que tu amor de los domingos necesita más compañía que sexo.

— Desde esa primera vez, nuestros encuentros empezaron a cambiar. No tenía apuro, me acariciaba, me besaba, disfrutaba verme caliente, yo quería hacer el amor, se daba cuenta y maliciosamente dilataba la unión. No te imaginas cuanto puse de mi parte para que no notara mi ansiedad y mucho menos esa intensidad que tú llamas acabar. Nunca, ninguna persona que atendí me hizo sentir eso.

— Mi amiga querida, ...Reynaldo de los domingos es el primer hombre que te ha hecho mujer. ¿Crees que intuye tus sentimientos?

— Puede ser, no sé. Tú me dices que no lo reciba, pero ahora incluso he dejado de atender en la semana esperando que llegue el domingo. Quiero estar con él, no solo en la cama.

— Melody, es tu decisión, ya sabes lo que pienso y lo último que quiero es verte sufrir. Las heridas del corazón no sanan.

El domingo, sentada en el salón junto a otras compañeras lo vi entrar, no se acercó, fue directo a la pieza de Madam Georgette. A los pocos minutos salió, subimos a mi pieza sin hablar y antes de quitarse la capa que llevaba puesta, me dijo que juntara mis cosas, íbamos a su casa. Trabajaría junto al ama de llaves.

Me indigné, casi a gritos le dije que a mí nadie me compraba. No era un objeto y menos su juguete. No lo aceptaba. Sería una prostituta, pero no esclava. Hablaba con furia, con rabia. Traté de separarme, pero la fuerza de sus brazos lo impidió.

Con vehemencia y voz firme me dijo que desde ese momento dejaba de ser puta para ser su empleada en los quehaceres de la casa,
la relación que tuvimos quedaría sepultada para siempre.

Armé mi pequeña maleta, me despedí de Gianna sin decir palabra con un abrazo que no olvidaré; en el salón las muchachas colaboraron con un gélido silencio de adiós. Dejaba el lugar donde había vivido más de diez años.

Reynaldo de los domingos le ordenó al chofer: - vamos a casa -.

Nos recibió una señora con aire distinguido. Me condujo a la que sería mi pieza, era amplia y luminosa, con una puerta ventana que conducía al jardín. Al poco rato Reynaldo de los domingos bajó del segundo piso. Nos reunió con el ama de llaves.

— Tal como te había comentado tía Emilia, ella es María Isabel, mi prometida.

EL JEFE NO RESPIRA

El furgón empieza a moverse, somos cuatro, muy asustadas. Yo no tanto, pero, parece que las otras son menores. Nos subieron a empujones. ¿Adónde nos llevan? Pepe alcanzó a huir. A él no lo pescarán. El furgón hiede, un olor vinagre, a vómito. No me puedo concentrar. Nos van a violar. No. No sé. Esa pendeja sentada en la esquina está cagá. Ya se le salen los ojos. Las otras dos miran el piso. El furgón va rápido. Por una calle recta. No doblamos en ninguna parte. ¿La Central? No sé. Pero ya estamos lejos de donde nos detuvieron. Ninguna habla. Enmudecimos. Yo también.

— Apúrate Joao – escuché gritar a uno.

— Tranquilo, que el jefe no te asuste – contestó el otro.

El furgón no tiene ventanas. No sé dónde nos llevan. ¿Qué les digo a las niñas? Que no hablen. Sí, que no hablen. Que solo contesten. Solo contesten. Ni una queja. Que no lloren. Les voy a decir. Nos detuvimos. Escucho los crujidos de un portón metálico.

— Entre, entre de culo, entre el furgón y el bus.

—¿Por qué de culo?

— Porque así no se ven cuando se bajan y está llegar y entrar.

— Ya bájalas a todas.

Se abre la puerta. Ya ha oscurecido. El aire me pareció hasta fragante. El patio permanece en penumbra. Se trata de un estacionamiento. Varios autos y furgones. Escuché lo que dijeron. Nada bueno. Ahora me asusté. No nos debían ver. Nos iban a detener. No. No había motivo. Estábamos caminando. Corrimos asustadas cuando los otros arrancaron. Maricones nos dejaron solas. Sigo confundida. Nerviosa. No. No tengo que poner cara de miedo. Ni a la fuerza. Se aprovechan. De nuevo hablaron.

—¿Ningún otro carro los siguió?

— No.

— El jefe espera.

—¿De buen humor?

— Cuando hay dulces...y después de la guardia...ni que hablar.

— Menos mal. Tiene pésimo carácter.

— Pero hoy va a ser diferente, ya verás

Lo tengo claro. La vamos a pasar mal. Pobres niñas no saben lo que les espera. No nos quitaron la identificación. Raro. Entonces no estamos detenidas. No les diré nada a las chicas. Seguimos juntas en esta pieza. Puede que nos lleven de a una. Por la ventana no se ve nada. Está oscuro. Les dejé las dos sillas a las más chicas. Están mudas. En todo el rato no han abierto la boca. Esta pieza debe ser una oficina. Como dijo el guardia, la puerta da al furgón. Pero no. Es donde interrogan a las que traen. Sí. Solo un par de sillas y el escritorio. Sí. Eso es. ¿Y la otra puerta? Está con llave. Cerrada. No abre.

— Sí, son cuatro.

—¿Edades?

— No sé....

—¡Como que el pelotudo no sabe!

Están discutiendo. No. Uno está enojado. ¡Sí! Está enojado. Hay otro que se metió. Pero lo hacen callar. Ojalá que se calmen. Enrabiados son más agresivos. Esa vez que quebré el ventanal. Si no es por la mina, el huevón me mata. Casi no los escucho. Se abrió la puerta que estaba cerrada....

— Tráelas de a una.

—¿Cualquiera?

—¡Putas que eres huevón! Sí. ¡La que quieras!

De un tirón en el brazo se lleva a la más chica que estaba cerca de la puerta. No sé si por lo chica o porque estaba más a la mano. Las otras aterrorizadas me miran como si yo pudiera hacer algo. Abro los ojos lo más que puedo. Que no digan nada. Que no se muevan. Una de ellas, con voz de niñita me dice que se meó. Al acercarme me abrazó. Demoré varios segundos para que me soltara. Que no dijera. No se notaría. Afuera siguen las voces.

—¿Las sacaron de un parvulario?

— Estaban en la calle.

—¡Traiga las otras! - Y pregunte si son menores.

— Como ordene.

— Si son menores que se vayan, no sirven.

Al abrir la puerta, la pregunta fue inmediata. Tengo 19 y si me pillan mintiendo muero. Estoy sola. La pieza ahora parece más oscura. La ampolleta que cuelga del techo pareciera parpadear. No. Es mi idea. Parece que se van. No, son las pendejas que se van. Las están echando. A gritos, se escucha. ¡Que se esfumen, nunca estuvieron aquí! La pieza vacía. Que hago. Nada. No puedo hacer nada. Tengo que mantenerme. Que pase. Que pase lo que pase.

—¿Se fue el jefe?

— No, se está cambiando. – ¿A cuántas se ha tirado aquí?

— Hace una raya la pared cuando se come un caramelo….

Sé lo que me espera. No puedo contar cuantas marcas hay en el muro. Son muchas. Sentada en el piso estoy mejor. Apoyada contra la pared. Está helada. El sonido de la puerta me paraliza. Me paré. Siempre pegada a la muralla. Estaba ahí, cerró la puerta. Se me acercó con pasos cortos. Sentí una fragancia penetrante. El desgraciado se preparaba como si fuera una conquista. Le voy a seguir el juego. ¿Podré?

— Te tengo una sorpresa negrita.

— Negrita de tu madre, pensé.

— Vamos a pasarlo bien, vamos a culiar negrita.

— Ando con la regla, pero puedo chupártelo.

No terminé la frase, cuando ya deslizaba la cremallera. Cierro los ojos. Mi mente se traslada al pasado. Pasado de pasión. Pero no. Reacciono y abro la puerta a la realidad. Veo las marcas en el muro y muerdo. Muerdo. Muerdo con todas mis fuerzas. Siento un gruñido y cae envuelto en un grito ahogado. Salgo al patio y corro a la calle. Escucho

—¡El jefe no respira! – No respira.

LA PAELLA

¿Aló?, ... sí, con ella. ¿Carolina?... ¡Mi niña! Qué gusto de escucharte. Tanto tiempo sin saber de ti... ¿Y tus papis?.........¡Qué bueno! ¿Vas a estar por acá?... entonces en esa semana vienes con tu hermano un día a almorzar... ¡Sí! ¡Sí!... Chao mi niña, Chao.

Después de tanto tiempo, y no se había olvidado......llegué a esa casa cuando era guagüita. Si no caminaba. Sus primeros pasos los dio conmigo, y ahora mi niña, una señorita. Quien la viera. Era tan bonita y coqueta, desde chica, antes que hablara.

—¿Qué piensas abuela?

—Nada, recuerdos.

—¿Con quién hablabas?

—Era la Carolina

—¿Cuál Carolina?

—Ayyy.... ¿Cómo no te vas a acordar? La niña de la casa donde trabajamos tanto tiempo con tu mamá.

— Haa…esa Carolina.

— Tenían casi la misma edad, andará en los 19 0 20.

— Abuela, ¡yo tengo 16!

— Bueno, pero siempre la vi como mi niña.

— Te quedaste pensando….

— Sí, …. Es que me dijo que iba a venir por acá.

—¿Tú, quieres que venga?

—¡Claro!, ¡Claro que sí!

— Yo ni me acuerdo como era.

— Tu mamá se fue a trabajar a otra parte y te llevó con ella. Yo me quedé mucho más tiempo ahí. Yo la crie, Carolina es mi niña.

Como no acordarme, mañosasa para comer. Siempre arregladita. La peinaba varias veces en el día. Era pretenciosa pero amorosa como ella sola. La eché tanto de menos cuando me despidieron. A veces me parecía estar hablando sola recordando las conversas que teníamos. Cuando la retaban, me iba a buscar. A la señora no le gustaba y la llamaba ligerito. Pero fue lindo verla crecer. Y… el primer pololo. Nunca les dijo a los papis, como ella les decía. Ellos salían y el pololo aparecía. Vivía al frente. Yo muda. Asustada que llegaran los papis y yo haciéndome la tonta. Pero no pasó. No la pillaron. Ya después con otros pololos estaba más grande y los papis sabían que pololeaba. No me voy a olvidar del día de su graduación del colegio. Me invitaron. Claro, fue la

Carolina la que me invitó. Llegué a sentirme mal, como pollo en corral ajeno. Ni una nana. Puras, señoras, caballeros y papis. Me senté bien atrás, pero igual veía.

La llamada me llevó a esos días. Años sin saber de ella y de repente... No obstante, es bueno acordarse de cosas lindas.

— Abuela, el teléfono suena y suena

— Contesta tú

— No puedo, estoy en el baño

— Ay...este niño. ¿Aló?... ¡Carolina! Si mi niña, soy yo...

¿Cuándo llegaron?... ¿Podemos vernos?... ¡No! ¡No! Yo los invito con tu hermano a almorzar ¿Pueden?... ya, les hago ese plato que les gustaba mucho... Sí una Paella... ya, pasado mañana, saben llegar, donde mismo me vinieron a dejar con los papis... chao mi niña, chao.

— ¿Qué pasa abuela?

— Me llamó la Carolina, que viene con su hermano a almorzar.

— Te pusiste nerviosa. Tranquila abuela, no es para tanto.

— Muchos años... que ganas de verla.

— Abuela, ponte feliz, ¡es tu niña como le dices! - Le voy a cocinar una paella, era lo que más le gustaba.

Compré todo ayer. No tenía ni un ingrediente, solo arroz, sal, pimienta y cebolla. El azafrán, chúngale es re caro. Pollo, lomo de chancho, chorizo, almejas, choritos, pimentón, camarones. La paila. La paila, ¿dónde la dejé? Hace tiempo que no hago la paella. Mucho tiempo. No pegué pestaña en toda la noche. A preparar todo. No me falta nada. La olla para las almejas y los choritos. La paila. El aceite. La cebolla picada. Y el pollo y el chancho y el chorizo. Ha…el pimentón. Dos tazas de arroz y el azafrán. A las doce empiezo y estoy lista a la una y media.

—¿Te ayudo abuela?

— Pon a calentar agua en la olla grande, eso nomas.

El preparado. ¿Cómo era? La paila, el aceite, la cebolla y el pimentón. Que se dore. Si ya me acuerdo. Agregando sin detenerse. ¿El pollo? No, primero el chancho, demora más. Ahora el pollo y el chorizo.

—¿Qué más abuela?

— Pon la mesa. Cuatro puestos.

—¿Yo también?

— Sí. Eres mi nieto y te conocen. No seas huaso.

Ahora el arroz, no. Antes el azafrán. Revuelvo. Ahora el arroz. Dos minutos. Los mariscos y el agua en que se cocieron. Bajar el fuego. Esperar. Va a estar lista en poco rato.

— Abuela ¿Pongo uno o dos vasos?

— Dos, uno para el agua y el otro para el vino.

— No hay vino.

— Sí, sí hay. Arriba en la despensa. ¿Pusiste el mantel?

— No los individuales. - Pero ¡niño! Hay que poner el mantel.

— Ya, no te pongas nerviosa, es temprano.

— Voy a cortar el fuego…contesta el teléfono.

—¿Quién era?

— La Carolina, dice que no puede venir.

AJUSTE DE CUENTAS

Los titulares de los dos periódicos del pueblo coincidían. MATRIMONIO ASESINADO AL SALIR DE SU DOMICILIO – MUERE PAREJA: NO ALCANZARON A PISAR LA ACERA.

Aquella mañana mataron a mis padres. Eran profesores de primaria en la Escuela San Esteban. La aclaración de la noticia se publicó en letra chica. A su funeral asistió casi todo el pueblo. La Escuela San Esteban era la más conocida y pertenecía a la mujer del Chato, ¿los negocios de su marido?, propiedades y droga. El Batro es un pueblo chico con problemas grandes. Somos pocos residentes durante el año, ¡pero hay que ver en el verano! Pocos adinerados y muchos que quisieran serlo. Gastan poco y molestan mucho. ¿La policía? Sobrepasada en verano e inútil durante el año. Las playas se repletan y pasa de todo. Alcohol, mariguana, sexo con y sin consentimiento y arreglines con putas santiaguinas en la noche.

¿Sobre la muerte de mis viejos? Caso cerrado. Sin testigos, nadie vio nada, nadie escuchó nada, nadie sabía nada. Pero yo tenía que averiguar. En el pueblo eran cautos. Conocían quien mandaba y a quienes mandaba. Era un grupo reducido sin trabajo. No se preguntaba que hacían. Populares en los bares, especialmente en la cantina "El Tuerto", cuentan que el dueño perdió un ojo. Peleando con el Chato. Desaparecían durante días, regresaban con plata, invitando a cualquier mina que quisiera aceptar unos tragos y algo más por unos pesos. Terminaban borrachos salvo el Koke. Nunca se le vio pasado a trago. Lo respetaban, lo que ordenaba, se hacía.

Nunca he podido entender el crimen de mis padres. Conocía su vida en detalle, compartíamos todo. Siempre estuve al tanto de sus clases en la escuela, de sus ingresos. Nos contábamos nuestras penas, preocupaciones, alegrías, ningún secreto. No había deudas, ni negocios. Nunca pelearon con nadie, no dañaron ninguna persona. Pienso...pienso, pero no tengo explicación. Se habló de ajuste de cuentas. Nadie, nadie lo creyó. Se supo que la policía corrió ese rumor para cerrar el caso.

Todos los días llego temprano al trabajo. Incluso antes que mi jefe. Me molesta diciendo que necesito compañía que me retenga en la cama y sonríe. Es la única tornería de la comuna, nunca falta trabajo. Estudié en el Instituto Mecánico Técnico Profesional del puerto. Este es mi primer trabajo, en la Tornería Diamante. He progresado, e incluso preparé a un haitiano inmigrante muy buena persona. No entendí su nombre así es que lo bauticé Cholito. Lo tomó bien, era alegre y divertido. Nuestro jefe era supersano, evangélico, cero groserías, y abstemio por doctrina. Su hermano era diferente. No se relacionaban. Nunca hablaba de él. Lo conocí en la fuente de soda de la plaza.

Una tarde invité al Cholito a tomar una cerveza. Me divertía su forma de hablar y no le molestaba que me riera. Es muy simpático. Conversamos sobre el trabajo. Sí estaba a gusto. Le recomendé que regularizara su situación. Que le pidiera un certificado de trabajo al jefe.

—¿Para qué quiere el negro un contrato? Sí puede ganar más sin contrato.

Quien hizo la pregunta era el hermano de nuestro jefe en la mesa contigua. Reaccioné diciendo:

—Buenas tardes

—Buenas tardes. Disculpen, mi nombre es Leonardo, escuché lo que hablaban, de eso se trata. Estoy buscando personal. Y pago bien.

—Mi compañero es nuevo en el pueblo y quiero ayudarlo, que regularice su situación. ¿De qué se trata el trabajo?

—Lo mío es transporte y fábrica de baldosas.

—Habla poco y nada de castellano, es de Haití.

—Me di cuenta. No es importante. - Le pregunto y si quiere, que vaya a hablar con usted. ¿Dónde lo –ubico?

Estoy en calle Principal 890. Todos los días, que vaya a la hora de colación, que pregunte por don Leo.

Pedí otra ronda de cervezas. El Cholito entendió parte de la conversación. Me dijo que no, a ninguna parte, quería quedarse en El Batro, con mi amistad. Contuve la risa. Le expliqué que no iba a abandonar el pueblo y seguiríamos siendo amigos, solo se trataba de una oferta de trabajo. Más tranquilo dijo que lo pensaría, pero siempre que yo estuviera de acuerdo.

Quizás igual pudiera regularizar su situación. El trabajo que ofrecía el hermano del jefe podía ser mejor. A día siguiente se repitió como todos los días la broma de mi jefe... No le comenté el encuentro en la fuente de soda, no le hubiera gustado. El Cholito había llegado y estaba esperándome al lado del torno donde practicaba. Era la primera vez que llegaba antes que yo. De inmediato me dijo – ¿vamos a colación? - Aún no – contesté sonriendo.

A pocas cuadras de la tornería. Calle Principal 890. Un galpón grande y un enorme portón metálico con una puerta también metálica. Al golpearla pareció retumbar el galpón completo. Antes de golpear nuevamente apareció un joven negro. Con una acogedora sonrisa fijando la vista en el Cholito dijo:

—Diga

—¿Está don Leonardo? - pregunté

—¿Leonardo? ......está don Leo

—Queremos hablar con él. Avísele por favor.

—Voy

El Cholito trató de interrumpir, no pudo, el muchacho desapareció. Creo que es como yo, de Haití, dijo. Sus ojos blancos muy abiertos denotaban su emoción cuando, aparece el joven diciendo: don Leo dice... pasen.

Sobre el piso de cemento se amontonaban cientos de baldosas y unas cajas de madera. Se acercó y nos hizo pasar a su oficina al fondo del galpón.

Leo dirigió sus palabras a mí. Sabía que Cholito iba a entender algo. Trabajaba para el Chato. Le hacía trabajos de distribución y materiales para sus obras.

—¿Trabaja con el Chato?

—Si. ¿Por qué?

—Dicen que no es de confianza...

—Mire, dicen muchas cosas, pero es mejor no meterse ni hablar de él. Hágame caso, sé lo que digo.

—Entonces... ¿Mejor que él no trabaje acá? – consulté.

—Conmigo no va a tener problemas.

—¿Cuál sería su trabajo?

—Pioneta, al principio. Sé lo que paga mi hermano en la tornería, acá ganaría el doble.

—¿Distribuyendo materiales?

—Sí, trabajar con extranjeros. Si los detienen, digo que trabajan para mí haciendo mandados.

—¿Es seguro para ellos?

—Mire, esto que le cuento es solo para usted. No investigue, no se meta en líos. Eso lo arregla el Chato.

—Creo que no es conveniente para mi amigo......

—Pregúntele

—Y otra cosa...no se le ocurra hablar ni decir nada de los indocumentados. El Chato hace un par de años se echó a un par de profesores que dejaron repitiendo a su hijo mayor.

Paralizado, enmudecí. Oí nuevamente los disparos. Mis viejos tendidos en la calle. El recuerdo de la escena me trabó. Solo atiné a decir – le voy a preguntar – Me paré, tomé de un brazo al Cholo, salimos y caminando sin decir nada llegamos de vuelta a la tornería. En el trayecto, intentó hablarme. No le contesté. Angustia, confusión, rabia, impotencia. Todo junto. Me enteré en un segundo. No hablé en toda la tarde. Había asumido la pérdida de mis padres y en un instante retornó al presente.

Al salir de la casa veo la imagen de hace años. Voy camino al trabajo buscando detalles que me distraigan, evadir los recuerdos. Noté el vidrio trizado de la panadería. Muros rayados. Un perro escarbando una bolsa de basura.

Pero me golpean en mi mente una y otra vez las últimas palabras de Leo: *se echó a un par de profesores*.

El Cholo estaba contento. Me recibió con un abrazo. Nunca lo había hecho. Confundía las palabras para decirme que habló con Alain, el otro haitiano, sobre el trabajo. Trabajaría con Leo. Alain, desde que llegó de Haití trabajaba con Leo y pudo comprarse una motocicleta. Era *bon travail*, le dijo su coterráneo. No iba a convencer al Cholo de declinar la oferta, se veía muy entusiasmado.

Nuestro jefe en la tornería no dijo nada. Le deseó suerte en su nuevo trabajo advirtiéndole que nunca discutiera una orden. Tenía claro con quien iba a trabajar, pero tal como todo el pueblo, fruto del temor, él también era cómplice.

Los primeros días extrañé al Cholo, su risa contagiosa alegraba el ambiente y aliviaba la carga del trabajo. No pasó ni una semana cuando al cerrar el taller aparece con su optimismo habitual - ¿vamos cerveza? Nos reuníamos después de la jornada laboral. Cuando no llegaba a buscarme, lo iba a esperar que terminara su trabajo. Un día, en la tarde, Leo me hizo pasar, quería averiguar a qué se dedicaba realmente. El galpón seguía lleno de baldosas y había más cajas. Conversamos en su oficina. Me preguntó varias veces por los trabajos en la tornería. Y llegó el momento que veía venir.

—¿Estás contento en la tornería?

—Es un trabajo, y es lo que estudié, herramientas mecánicas, prensas, torno, fresas, eso….

—Si no es indiscreción ¿Ganas bien?

—No tengo muchos gastos, soy soltero, sí… estoy bien.

—Eres joven, imagino que querrás tener familia, auto, y tantas cosas que ayudan a vivir mejor.

—Sí, pero por ahora, no necesito más.

—Necesito a alguien acá, como tú. Que sea mi segundo a cargo de los negritos, un jefe responsable.

—Usted sabe que hay cosas con las que no estoy de acuerdo.

—Sé a qué te refieres; los indocumentados. Velo de esta manera. Ellos necesitan trabajo y dinero. Una parte importante la envían a sus familias, les ayudamos indirectamente.

—Estoy a gusto en la tornería... no tengo un motivo para abandonar lo que hago.

—¿Te parece ganar en un mes lo que ganas en un año?

—Eso no es verdad.

—Este negocio es muy rentable, se gana mucho. Piénsalo. No hay apuro.

Salí a la calle. El primer paso estaba dado, aceptar para conocer la operación. Debía llegar al fondo. Saber quiénes participaban, los detalles. El saludo del Cholito interrumpió mi concentración...

—Hola ¿cerveza?

—¡Vamos!

—Conversaste con don Leo, ¿amable?

—Sí, hablamos del trabajo, de las baldosas.......

—¿Baldosas? No, no hacemos baldosas. Traen de otro lado.

—Entonces, ¿qué hacen? ¿Cuántos trabajan contigo?

—Siete. Ponemos cajas en camión y baldosas, tapamos con más baldosas.

—¿Sabes qué hay en las cajas?

—No. Don Leo sabe. Él dice baldosas finas.

En la tornería, al día siguiente mi jefe me preguntó que me pasaba, distraído arruiné dos piezas y no eran difíciles de tornear. Pasé la noche en vela pensando cómo le iba a decir que renunciaba. Me trataba con afecto y lo dejaría para irme con su hermano. En el momento de despedirme, noté sus ojos rojos. Me sentí traicionando a una buena persona. Pero debía continuar.

Con mi conciencia hecha mierda, me presenté a mi nuevo trabajo. Leo me recibió con un fuerte apretón de mano seguido de unas palabras a los "sete" compañeros del Cholo. Yo sería el nuevo jefe. Si hubieran sido luces, los ojos del Cholito iluminarían el galpón completo. Lo que no le gustó para nada era que no tomaríamos una cerveza todos los días, no entendía por qué ahora que era su jefe no podía.

No fue necesario preguntarle a Leo el contenido de las cajas. Una tarde, al terminar la jornada apareció el Koke con dos de sus amigos.

—Tres más Leo

—No tan seguido. No alcanzan las baldosas. He tenido que volver a usar las mismas que salen.

—Haz más baldosas entonces. No puedo parar los embarques. Ya sabes.

Descargaron las cajas y una vez que se fueron Leo me miró a los ojos y preguntó inquisitivamente si estaba dentro de la operación, asentí con un movimiento de cabeza. El segundo paso estaba dado.

Las cajas se recibían en una lengua de arena que la marea baja dejaba al descubierto entre unos roqueríos y de ahí al galpón. Me llevó donde hacían las baldosas. Trabajaban en dos turnos.

De vuelta a mi casa esa noche frente a unos huevos revueltos acompañados con pan añejo y una cerveza, elaboré un plan. Pero necesitaba más información. Los cuándos. Los cómo y quienes. Paciencia. Mejor descansaba. Mi mente iba a estar más clara en la mañana.

Leo me esperaba en su oficina. Quería conversar. Y yo también.

—¿Qué te parece la operación?

—Bien, pero algo riesgosa.

—¿Riesgosa? ¿Cuál es el riesgo?

—Las etapas. Muchas. ¿Por qué no recibimos nosotros las cajas? ¿Por qué el Koke?

—Este negocio se basa en intermediarios. El que produce. El que le compra para vender. El que le compra para negociar. El que tiene cómo pagar. El interesado que compra. El que despacha. El que recibe. El que distribuye. El que compra para llevar a la calle.

¿Crees que se puede saltar algún eslabón de la cadena? No. Todo funciona sobre la base de la confianza y lealtad.

—Se reparte mucho la torta. Se puede mejorar.

—¡Ojalá se te ocurra! El jefe te premiaría.

—¿Pero no es usted el jefe?

—Siiii..., pero de recepción y despacho.

—¿Entonces quién?

—El Chato.

Terminó la conversación. La forma de subir en la organización, la infalible, mayor rentabilidad. Debe existir una forma de eliminar etapas. Menores gastos y menos riesgo. Buenos argumentos. Eliminar las cajas. Repartir el contenido en unidades menores. Mayor control. Tengo una idea. Quizás resulte.

Después de almuerzo Leo me llamó con una seña desde la oficina.

—Hay un contrato grande.

—¿Algo especial?

—Sí, el triple de la cantidad que despachamos habitualmente.

—No tenemos tres camiones ni la cantidad de baldosas.

—No podemos fallar, órdenes del Chato. Hay que hacerlo.

—Deme un par de días.

—Son mil kilos en un solo embarque la entrega es contra pago.

—Deme un par de días.

—El producto llega en dos semanas y la entrega es dentro del mes. Ellos avisan.

—Deme un par de días.

Me ausenté por dos días. Leo estaba furioso. No me permitió palabra. Hablaba enojado sin parar. Mi mirada lo alteraba más. Yo tenía un buen plan. No dudaba que lo aceptaría.

—¡Que! ¿No tienes nada que decir? ¡Fui a tu casa y no estabas! ¿Qué hiciste? ¡Me pediste dos días y desapareciste! ¡Habla!

—Siéntese Leo, podemos hacerlo.

—Más te vale. Porque si no, te las corto, aunque no las uses.

—Necesitamos un camión que cargue ocho toneladas y hacer 4,000 baldosas de 30 x 30.

—¿¡Eso es todo!? Estás demente.

—Le explico. El embarque lo recibimos nosotros en nuestro camión. Le dice al Koke que es solo por esta vez. Llevamos el producto a la fábrica de baldosas. Esa misma noche comienza la fabricación, no antes. Estuve en el vivero de un amigo y probamos esto.

—¿Una bolsa de plástico?

—Sí. Una bolsa de plástico.

—¿Estás bebido?

—No. Ni bebido ni drogado. Una bolsa de plástico grueso de 25 x 25 que se puede sellar herméticamente. La probamos con arena bajo el agua y no se filtra. A la bolsa le ponemos 250 gramos de producto, la ubicamos al centro de la baldosa aún fresca y se cubre con la última capa de material. ¡Un sándwich!

No tengo claro si Leo quería golpearme, matarme o no sé qué. Estaba estupefacto. La boca entreabierta. Con la mirada fija en mis ojos. No movía ni un dedo. Respiraba normalmente, ya no estaba agitado. Pasó más de un minuto. Ahora era yo el inmóvil. Me apuntó con un dedo. Y gritó:

-— "TE MATO SI NO RESULTA" Vamos a hacerlo, sí. Vamos a hacerlo. Yo hablo con el Chato para sacarnos de encima al Koke. El Cholito retira el producto. Los cholos dejan el galpón y se van a hacer baldosas. Tú los vigilas. El Cholito lleva el producto una vez que las baldosas lo requieran. En una semana tenemos los sándwiches listos.

—Leo, en el futuro podemos seguir haciendo esto sin inconvenientes. Camiones y baldosas.

—Veremos después. Ahora le diré al Chato que puede cumplir, el negocio va.

El trabajo era delicado, llenar los moldes a la mitad centrar la bolsa y cubrir. No iban a sus casas, trabajaban en tres turnos y dormían en la fábrica. La buena noticia, doble salario.

La tarea finalizó antes de lo previsto. Leo llamó a su jefe para los detalles de la entrega. En la estación de ferrocarriles del puerto. El Cholito conduciría el camión. El Chato condicionó la entrega y el pago, en su presencia con Leo, el Koke con su guardia. Avisaría la fecha y hora para la entrega.

Partieron después de almuerzo rumbo al puerto. El trayecto, no más de una hora, pero sin prisa. La entrega estaba programada para tarde, antes del cierre de la estación. La entrega no levantaba sospecha, dado el tipo de material que transportaban. Se trasladaría la carga del camión al vagón marcado con el número 34. El pago era simultáneo a la prueba del producto, tardaría no más de un minuto. Y así fue. Entregado el dinero. Procedieron a romper una baldosa para la prueba. ¡Esto es harina! Se desató una balacera sembrando cadáveres entre los rieles. No quedó nadie con vida que pudiera desentrañar "*el misterio del ajuste de cuentas de la harina*".

El Cholito se escabulló con el dinero entre los vagones hasta el auto donde me encontraba.

Rumbo al vivero de mi a migo, para devolver su auto, el Cholito me dice.

—¿Vamos Cerveza?

—Bien, pero tenemos que recuperar el producto que recogiste en la playa y pagar la harina…

EL COPISTA

Me arranqué del orfanato rumbo a Valparaíso. En un peaje me subí a un camión; en la ruta lo detuvo carabineros, asustado que me descubrieran, tendido en el piso me tapé con una tela hedionda a pescado. No soportaba el olor y llegando al puerto, esa noche en una playa, vestido, me metí al agua. Nunca había estado en el mar. Sentí el cuerpo helado y la ropa mojada adherida al cuerpo. Me despertó el graznido de las gaviotas disputándose una pequeña presa.

Recorrí calles, bares y comercio buscando trabajo, el restorán Bote Salvavidas me tomó como lavaplatos y aseo. Comía los restos de los platos y dormía escondido en la despensa sobre unos sacos y bolsas de arroz por almohada, conciliaba el sueño acompañado del murmullo del mar.

Desperté una mañana con un puntapié. Estaba despedido. Deambulé cerca de los muelles escuchando el golpeteo entre las lanchas y el rechinar de las amarras de los buques. No encontré lugar resguardado donde dormir. El frío me animó a subir a un buque y esconderme por esa noche.

El amanecer fue peor que en el restorán. Estaba oscuro y no sabía cuánto tiempo transcurrió. En penumbras tres hombres me observaban apuntándome con una linterna. No entendí lo que dijeron. Se retiraron, pasé varias horas atado a un fierro. Escuchaba un ruido acompasado y entre la penumbra divisaba gruesos tubos y cañerías como personajes inmóviles en un escenario tétrico. Volvieron acompañados de un hombre mayor de pelo cano. Me desataron, y arrastraron escala arriba hasta llegar a cubierta. Nos rodeaba la inmensidad del mar. La nave se mecía a merced de las olas en un continuo sube y baja.

— Eres un polizón. Las leyes del mar obligan a tirarte por la borda

— Pensé que debí quedarme en el orfanato. La carcajada del hombre de rostro curtido sonó como un trueno que presagia una tormenta.

— Vas trabajar para pagar tu viaje? ¿O prefieres el mar? –

Trapear cubiertas, limpiando baños, mareado, sube y baja, un balancín que no para. ¿Lo que comía?, por la borda, alimento para los pescados. El palo del trapero me arrastraba, yo no lo guiaba. Eran italianos y el de pelo cano hablaba castellano. Nunca supe a dónde llegamos. Génova, ¿Italia?

Si, Italia. Expulsado del barco, a buscar que hacer. Tenía dieciocho años, no conocía el idioma, hablan con las manos, rápido y a gritos. Las calles parecen hormigueros desordenados. En el centro todo es caos, la gente corre, camina sin mirar el suelo, las aceras limpias, nadie se cae, no hay donde tropezarse. Lavo tazas y vasos en una cafetería elegante, mesas en la vereda y una barra con asientos de cuero. El primer día me dieron un adelanto para que me comprara ropa; sacando cuentas es la misma con la que me escapé del orfanato. Parece que lo que pagan alcanza para comer y alojar. Conseguí una pensión cerca. La pieza tiene un techo alto como de tres metros, una ventana angosta a la calle con una persiana que no cierra. El baño está en el pasillo, se forma una fila esperando. La muralla está manchada donde se apoyan.

Génova está en reparación, hay maestros pintando y trabajando en muros por todos lados. Observé por unos minutos a un pintor que retocaba un rostro, me miró diciendo:

— *¿Vuoi dipingere?* —

— *No parlo italiano*

Movió el brazo de arriba hacia abajo sujetando la pequeña brocha

— *Dipingere* – dijo y me pasó la brocha.

Llegué tarde a la cafetería. Obtuve una mirada de reprobación.

En la tarde noté que la pintura del rostro no estaba terminada, faltaban sombras para resaltar las facciones, soñé que lo pintaba parado sobre un taburete. La fila para el baño estaba muy larga, no me bañé. Frente al rostro no había nadie. Por señas traté de darme a entender, movía el brazo de arriba abajo mirando el rostro; Un transeúnte me indicó, mas con risa que sonriente, un portal contiguo. Era una oficina de arquitectura con una amplia entrada. El dulce "bon giorno" de la recepcionista me estimuló y nuevamente comencé a gesticular, la cara de sorpresa de la chica enfrentando a una marioneta derivó en un saludo en inglés.

— Español – dije

— Buenos días – contestó en español.

Obtuve la información. ¿Podía dejar las tazas y pintar murallas? Indicó que volviera en la tarde. Debía hablar con Don Mario. En menos de un día me convertí en ayudante de pintor de muros. Habiloso Don Mario me asigno a un jefe español, José. Aprendí a preparar los muros para que la pintura se adhiriera. Recordé el trapeo de cubiertas, aquí yo manejaba la brocha. Prometí trabajar en silencio, pasé mucho tiempo sin conversar y abrumaba a mi jefe con mis historias y deseos de ser pintor. Pintaba con corazón, decía José. Cubría grandes paños con prolijidad, muros en gris, blanco o rosa, imaginaba escenas en cada muro ocultas detrás de la pintura color. Al tiempo se incorporó Rina, los tres formamos un buen equipo; José, maestro del color y Rina la asistente perfecta. Alegre, espontánea y un divertido italiañol. Mi pasión por la pintura era notable, tanto José como Rina me sugerían que incursionara, no solo en pintura monocolor de grandes paños. Inventaron mi cumpleaños y recibí de regalo pinceles y unos oleos. Cubría cientos de metros cuadrados con pintura de un solo color, ahora intentaría pintar las figuras que imaginaba escondidas detrás de la pintura en los muros, pintaría a Rina.

Su perfil ya estaba en la tela. Como en los muros, estaba escondido. Limpié el fondo para dejarla salir, apareció su rostro, luego el cabello y la luz de sus ojos. Los labios entreabiertos decían - bésame -. En esa primera tela apareció Rina, la que no conocía. Estaba ahí antes de pintarla. Su figura brotaba de los muros cubiertos de color durante el día para apoderarse cada tarde en una tela. Su cuerpo desnudo entre sábanas revueltas, testigos de actos de amor. Tantas veces los pinceles rehusaron continuar ante su hermosura que reclamaba pasión. El último cuadro; ella de pie frente al espejo. Tonos tristes vestían su figura. En su rostro difuso mirando al suelo pinté tristeza. No hay alegría, se iba de Génova, no le pregunté a donde. Sólo dijo que para mejor. Dejé la pintura, no estaba Rina, no tenía motivo.

Con José la extrañamos, dejó un vacío, el trabajo ya no era lo mismo. José siempre preguntaba por las pinturas de Rina quería verlas. Nunca lo hice. Eran nuestras, no para compartirlas. Ahora que ella no estaba con algo de sentimiento encontrado lo invité a la pensión. Más de veinte telas, todas de Rina. Sorprendido por las obras me recomendó que dejara los muros y tomara en serio la pintura. Conocía a un profesor de arte, Gino de la Porta, via Castiglioni 37, Módena.

José me enseñó a sentir, lo que no conocí en el orfanato. Por varios segundos los brazos de José no me soltaron. Era la primera vez que me abrazaban. Note sus ojos rojos y unas lágrimas en sus mejillas. Subí al bus rumbo a Módena sin mirar atrás.

Pasado el mediodía, golpeaba la puerta de via Castiglioni 37. Apareció una figura de cuentos, bajo, gordo, pelo cano con un rostro sonriente que regalaba serenidad.

— Vengo de parte de.........

— *Benvenuto,* José me habló de ti, avanti....

Gino debía tener unos setenta años, vivía con una "signora". La casa era gigante, pieza tras pieza tras pieza y una gran sala con enormes ventanales, muy iluminada y con varios caballetes. Sabía de mí más que yo mismo, José era un chismoso. Acomodó una habitación para mí al lado de la gran sala. En esa casa se respiraba arte. Los muros tapizados con cuadros y dibujos de todo tipo. En la sala de pintura Gino examinaba mis obras separando unas de otras. Le pregunté qué opinaba. – Veremos, veremos – contestó.

El olor a trementina me despertó. Me deslicé al baño calladamente, lavado de cara y manos me presenté en la sala de estudio. Gino no estaba, supuse que el piso y caballete desocupado me correspondía. Sobre la tela una foto de un óleo decía, copia esto. No tenía claro cómo hacerlo, importó poco, comencé a pintar, concentrado sin detenerme, al parecer por largo rato. Retrocedí para apreciar lo pintado y choqué con el maestro. Estaba detrás observándome. Bien...dijo.

Los otros alumnos pintaban objetos y modelos desnudos frente a ellos. Yo copiaba fotos y cuadros. El maestro reconoció mi habilidad, copiar. Me enseñó secretos ocultos en colores, como aplicarlos. Un verde diluido y el mismo espeso, tienen edades diferentes. Por un año estudié junto al maestro. El notaba que quería algo más, crear, algo mío, no solo copiar. Con tristeza disimulada accedió a mi partida. Recordé la despedida con José.

Maribel no entraba a la buhardilla. El olor a trementina le desagradaba. Recién casados me pedía que me bañara antes de hacer el amor. Me conoció sumergido en mis oleos, telas y aceites. Tenía veintidós años, la pintura era mi vida. Mis obras no gustaban, nunca vendí alguna. La ilusión de ver un cuadro colgado en un museo se esfumó rápidamente. Horas de trabajo, hasta noches enteras, fueron en vano. Maribel reclamaba la escasez de dinero. Durante el pololeo me animaba a crear, al parecer apreciaba mis dibujos, ¿o era por adularme?, nunca lo sabré. Necesitaba buscar un ingreso para salvar mi matrimonio. Liquidaría todo, telas, marcos, dibujos y también pinceles, fueron la extensión de mis manos que incesantemente aplicaban el óleo en lienzos que nadie apreció. Comencé a despejar la buhardilla, destiné horas observando cada objeto que encerraba parte del tiempo vivido ahí. Absorto en recuerdos, sentado en el viejo sofá el sueño me venció.

La mañana siguiente, el persa de Franklin recibió varias cajas con la historia de quien quiso ser pintor. Entregué todo a un feriante para su beneficio. Caminé varias cuadras entre desperdicios malolientes recordando el aroma del óleo y la trementina. Me detuve y regresé, mis pinceles, los debía conservar.

Una persona que sostenía uno de mis dibujos, notó que me acercaba - Buen dibujo – dijo sin siquiera imaginar que yo era el autor. Tomé mis pinceles envueltos en el paño con manchas de óleo y trementina, el feriante sonrió; y emprendí nuevamente camino a casa.

Recogí unos sobres y abrí la puerta. Maribel no estaba. En la mañana no me habló. Yo tampoco. Debe haber entrado a la buhardilla, la ventana estaba abierta.

Sobres con cuentas, propaganda y una gran sorpresa, ¡Gino de la Porta! Me instaba a que fuera a verlo, estaba viejo, cansado, necesitaba un ayudante. Su carta manuscrita acompañaba un pasaje a Roma. Nunca le dije que me casé. Con mis pinceles y lo puesto me embarqué a Italia tal como esa vez desde el orfanato a Valparaíso.

La "signora" respondió la llamada de la puerta, dijo algo en italiano que me pareció como – que bueno verlo -. La gran sala estaba vacía, sin alumnos. Gino caminaba con dificultad, aumentó de peso. El tiempo transcurrido no disminuyó nuestro afecto, recordé el abrazo de despedida cuando no quiso interferir en mi deseo de volver a Chile, por lo que nunca me dijo nada. Ahora me confesó que él veía en mí un gran talento muy escaso y muy bien remunerado en la pintura. Personas adineradas que valoran el arte quieren colgar en sus paredes copias de grandes obras. En mi ausencia, tramitó un permiso de copista que otorgaba el gobierno italiano. Quería que no desperdiciara mi talento. Bajo su dirección me puse a trabajar. Copiar es más fácil que crear, el trabajo viene hecho.

Nos dimos a conocer rápidamente. Me fascinaba copiar a los maestros. Entraba en sus pinturas, mezclado entre sus personajes, me retiraba de la obra con desgano sólo cuando Gino me detenía. Se generó una considerable fortuna que no impidió el irreversible deterioro de la salud del maestro. Sin familia Gino vivió en forma muy solitaria, considerado un pintor mediocre, sí se le valoraba su calidad de maestro. Lo sorprendí ordenando antiguos dibujos, trató de ocultar unas telas cubriéndolas con un paño, – yo le ayudo - dije. Vi los oleos de Rina. Nunca los vendió. Con una expresión de disculpa se dejó caer en el antiguo sillón, desde donde dirigía a sus alumnos, levantando una nube de polvo.

— Estoy viejo, se me va la vida, quiero que sepas que ahora te llamas Vicente de la Porta. El señor que viste hace unos días es un escribano. Cuando muera podrás reclamar todos mis bienes, sólo di cómo te llamas –.

Dejamos a Gino de la Porta en el sector de los maestros del arte en el cementerio de Módena.

El trabajo aumentaba, tenía pedidos por obras mayores de valor apreciable. Me citaron al Banco de la Romagna, querían una copia del nacimiento de Venus de Botticelli para la sala del directorio. Un edificio renacentista albergaba la oficina del Banco de la Romagna en Módena. De recepción informaron que Vicente de la Porta iba subiendo a la gerencia. La secretaria se levantó de inmediato al verme entrar, Rina vio al joven pintor de muros que dejó en Génova.

A los pocos días Maribel recibiría una carta desde Módena.

Estimada Maribel:

Estoy en Italia dedicado a la pintura. No cumplí con tus expectativas. Sé que Fernando Javier te satisface desde hace tiempo, espero que lo haga también económicamente.

Vicente de la Porta

EL RETRATO

Mis cuadros no se venden. Nadie los compra. La gente busca decorar las paredes y yo no soy decorador de interiores; otros quieren colgar pinturas mediocres de maestros conocidos para fanfarronear con el valor de la firma, porque de arte, nada. Tengo que ser honesto, me enorgullece ser el más cotizado retratista de la rancia estirpe local y de los advenedizos snob. No hay mansión ni casa que intente serlo donde no esté mi pincel en los muros de sus salones. ¿Qué lo hago por dinero?, Sí, y también por la satisfacción de hacer lo que ellos con todos sus caudales no son capaces de realizar.

Magnates de la minería me encargaron un retrato de la fundadora de la empresa. Vive con su esposo en un palacio colonial atendidos por un séquito de empleados de las tierras del norte. Tienen propiedades por todas partes. ¿Por qué no le ponen su nombre a una de sus minas en vez de un retrato? Pidieron dimensiones precisas. Seguro, voy a pintar midiendo mis cuadros, ni lo sueñen. Los retratos son ¡míos! ...... ¡míos!, yo sólo los facilito por un buen precio.

Cuando preparo una tela, la imagen está esperando salir, mostrarse. ¿Los colores?, propios de retratado. Cada persona tiene sus tonos. Vienen de su interior, están en mi paleta y aplicados en cada pincelada por mi mano. Hay personajes que se desnudan en el lienzo mostrándose como son y otros con rostro imperturbable observan seguros que no lo conocerán jamás. No es posible pintar una mirada sin que te diga lo que piensa ni unos labios sin decir lo que dijeron y como amaron.

El encargo es un problema; todo mi ser se niega a realizarlo, con excepción de mi billetera. El personaje debe estar en un magnífico sofá, delante de un fondo cordillerano. Frente a la tela, no veo nada que aparezca. ¿Cómo empiezo? La tela sigue en blanco. Acepté el trabajo. ¿Podré llevar a la tela este rostro? Es horrible, horrenda, es la mujer más fea que he visto. No, no lo puedo hacer. ¿Qué hago si no se muestra, donde están sus colores? Su fealdad destruye todo intento por comenzar. El rostro no aparece. ¿Se puede pintar lo que no veo? Es una cara sin vida. ¿Sus ojos?, espacios vacíos. De su boca no sale nada. Es la viva existencia de un ser feo.

La tela sigue en blanco. Cierro los ojos y pienso, ¿Veo a una joven?, ¿Sus labios hablan de amor? El cabello azabache, los ojos me miran. ¿Qué edad tienes? Ya eres parte de la tela, llegaste, mezclo rápido colores con ansiedad. No te vayas a ir. Estás viva, estás naciendo. La textura de tu rostro, lo cubro con suavidad, eres joven sin señas de tristeza, no necesitas pintura ya la tienes. Debería haber oleo dulce para pintar tu mirada. Me miras de frente, cubro parte de tu rostro, pincelada tras pincelada con cabello oscuro casi negro, la sensualidad de los labios gruesos revela tu genuino origen. El sol en mi paleta preparó el tono para la piel de los hombros descubiertos. Te desnudaré para mostrar tu hermosura, pero en el retrato te vas vestida. Enredo tus manos en el chal bordado que tienes sobre la falda iluminado con un blanco puro. Pinté la cordillera de tus orígenes tal como tus ojos me la mostraron, quedó plasmada como marco perpetuo a tu existencia.

Hoy vienen a conocerte, si te llevan, debes saber que serás siempre mía.

— Quiero una explicación – No es el retrato que le ordené pintar, ¡Esta no es mi esposa!

— Lo sé, es Kelana, la hija que no reconociste.

EL BAÑO DE DON MANUEL

Don Manuel vivía en un barrio acomodado, tenía un familión, muchos hijos y muchos parientes. Como ahora Joel era el nuevo mayordomo de la bodega nos invitó a su cumpleaños. Según mi marido son gente buena persona y sencilla. Pero no creo mucho, tienen harta plata y eso los hace pitucos. Le pedí prestado un vestido a mi hermana, el que usó para el bautizo de su nieto. Es bien escotado, yo soy más rellenita y a Joel no le va a gustar mucho. No conozco a la esposa de don Manuel, a él sí. Es gordo, con una enorme panza y usa suspensores, nadie los usa son de otra época.

Llegó la fecha y doña Elvira embutida en el vestido de su hermana estaba radiante. Joel no advirtió el rebalse del escote de su esposa cubierto por una estola con brillos y bordados. Conducidos por el taxi de su vecino, llegaron a la casa de don Manuel. En la reja de entrada un joven recibía a cada pareja recibiendo la invitación, Joel la buscaba desesperado en sus bolsillos.

— *Adelante don Joel, bienvenido – dijo el chofer de don Manuel.*

Menos mal que conocía a Joel. Había llegado harta gente. Los saludos fueron bien "circunspectos". Unas buenas noches y sin dar la mano ni menos beso. Las señoras casi todas con traje largo, mi vestido no es tan mini, pero deja ver, sé que tengo buenas piernas. Mozos con bandejas de pequeños sándwiches y otros con vasos de diferentes colores circulaban entre las personas, ya veía que chocaban. En un muro el cuadro grande debe ser el retrato de un familiar. La lámpara en el centro llena de vidrios chico colgando y muchas ampolletas, ¡limpiarla es pasar semas con un trapo! El salón estaba invadido por sonrisas y miradas, Joel algo inquieto ubicó a su jefe y para allá partimos, me presentó como su esposa, nunca me decía así. La señora de don Manuel era una flaca puro hueso, se fijó en la estola o en mis pechugas, no sé, pero era bien linda de cara. La vieja del retrato debía ser su mamá era igualita.

Al poco rato, nos hicieron pasar al comedor. Muchas mesas redondas repartidas en la sala, repletas de platos cubiertos vasos, servilletas, un florero al medio, tanta cosa, ¡por Dios! Joel no sabía dónde sentarse, apareció don Manuel y me tomó del brazo y de un tirón nos llevó para su mesa dijo:

— Joel, el más antiguo colaborador en la viña y su esposa -.

Seguro que no sabe cómo me llamo. La señora a mi lado no habló nada, solo sonrisas cuando nos mirábamos. Había más mozos que invitados, nunca pensé que se necesitaran tantos cada uno con un jarro, me serví de todos. En cada puesto, muchos cubiertos, y cuatro copas. El pan estaba escondido debajo de la servilleta y no había mantequilla.

Sirvieron tres platos, el primer por el sabor era pescado, unas tajadas demasiado delgadas, como papel.

El segundo unos rollos de masa, con carne picada, ¿o pollo?

El tercer plato, una carne blandita con unas papas redondas, champaña entre plato y plato, ... ¿el postre?, una esponja amarilla desabrida que desaparece en la boca.

No estoy acostumbrada estas comidas delicadas y sentí el estómago cargado, no me sentí bien. Pregunté por el tocador, la señora a mi lado con una sonrisa me dijo dónde estaba. La casa es muy grande, entre puertas y recovecos me perdí. Encontré un dormitorio grande con tremenda cama y un ventanal con cortinas hasta el suelo y ahí había baño. Parece que era el champaña que no me sentó, porque oriné harto. El baño forrado con azulejos con la tina detrás de una ventana y una enorme taza del silencioso, claro, para el trasero de don Manuel.

Elvira en el baño estaba en problemas, el inodoro era muy grande y su trasero se fue deslizando dentro. Se sujetó del porta rollo, lo arrancó de cuajo. Sus nalgas lentamente toparon fondo. Estaba atrapada. Sólo las pantorrillas y parte del torso fuera de la taza. Con la estola bordada en el suelo los pechos de Elvira luchaban por liberarse. Un monstruo siniestro la tenía en sus fauces. Angustiada rompió en llanto y sollozos agónicos. Se escuchaban unos quejidos lastimeros. Elvira continuaba atascada, las rodillas le aplastaban los pechos como globos a punto de reventar. Trataba de articular palabra entre llanto y quejidos sumergida hasta los hombros en el momento que don Manuel ingresó apurado a su baño.

EL PAVO

Raquel respondió al sonido del timbre con el desgano acostumbrado. Tenía su edad, bordeaba los setenta. Demoró en cruzar el antejardín y entrar a la casa. Extrañada María Eugenia, en el vestíbulo enfrenta a Raquel que sujetaba un pavo que lidiaba por liberarse de sus brazos.

—¡Mire señora, lo que le trajeron al doctor!

— Pero Raquel... ¡Un pavo!

— No se ría señora, lo tengo sujeto para que no escape, ¡está vivo!

María Eugenia no aguantaba la risa. Raquel con el pavo en brazos era un poema. Los ojos fuera de sus órbitas, las mejillas rojas, su metro cincuenta y cinco y los setenta kilos sujetando un pavo, era una escena propia de la más exquisita obra de teatro.

—¿Qué pasa? – preguntó Fernandito

—¡Mire lo que llegó!

El pavo, asustado por la aparición repentina del niño se libera, da un aleteo y escapa al salón. Raquel tropieza al tratar de retenerlo y cae de bruces. Atónita María Eugenia, toma de un brazo a su hijo y lo protege detrás de ella. Raquel, de rodillas sobre la alfombra del salón, con la respiración agitada observa el pavo que la miraba. Todos aterrados menos Fernandito, ¿y el pavo?, inmóvil.

—¡No lo vaya a espantar Fernandito, mire que deja la tendalá!

— Me gusta el pavo, quiero tocarlo.

—¡Hijo, no te acerques!

El niño sin temor ignoró la orden de su mamá, se aproxima al ave estirando un brazo y le picotea la mano. Fernandito sentado en el suelo a su lado estiraba las manos y el pavo las miraba ladeando la cabeza de un lado al otro.

Recobrando la serenidad María Eugenia toma de un brazo para ayudar a Raquel, quien aún no se recobraba de la impresión y del porrazo.

— Ya se señora, quiere grano, tiene hambre. Fernandito, no se mueva.

— Raquel, ¿dónde va?

— A la cocina.

Fernandito, sale corriendo detrás de Raquel, el pavo a la siga y más atrás María Eugenia. En la cocina, Raquel le pasa un poco de arroz a Fernandito, el pavo lo empieza a picotear de sus manos.

—¡No lo puedo creer!, exclama María Eugenia

— Si señora, en el campo, todas las aves comen de la mano.

— Cuénteme, quien lo trajo.

— Me pasaron el pavo y un sobre, me parece que se me cayó en la entrada. El que lo trajo dijo que era para el doctor.

María Eugenia impaciente esperaba la llegada de su marido. Recibir en Santiago, un pavo vivo, de regalo, …. La caída de Raquel no tuvo consecuencia; el único contento era Fernandito, que a sus cuatro años consideró que le había llegado un nuevo amigo.

El obsequio era de doña Ana Gutiérrez viuda de Osorio, en señal de gratitud. El doctor había atendido tanto a ella como a su familia toda la vida. Agradecida doña Ana le envió a su querido doctor el peculiar presente.

El pavo pasó a ser parte de la familia. Respondía cuando Fernandito lo llamaba. Compraron maíz, porque el pavo manifestó su preferencia por el pan sobre el arroz, trepando varias veces a los mesones de la cocina. Seguía al niño en el jardín, a su pieza y por donde fuera. Raquel reclamaba por las suciedades del pavo, que se paseaba por el interior de la casa a su libre antojo agregando a las alfombras nuevos diseños. María Eugenia decidió que el destino del pavo era el horno. Raquel ya no lo soportaba. El destino del pavo estaba resuelto.

El niño no lo iba a aceptar. Asar a su amigo era un asesinato. Pero tarde o temprano debía ocurrir. Raquel quería mucho a su niño, como ella lo llamaba, pero ya no daba más con el pavo. Le sugirió a la señora que un día lo invitaran a alguna parte, mientras ella lo faenaba. Dirían que lo regalaron. Una amiga de María Eugenia; tenía una hija de la misma edad de Fernandito. Irían a una pastelería recién inaugurada. Entretanto, Raquel debía hacer su siniestro trabajo. No podía quedar ningún rastro del crimen que iba cometer.

De regreso, María Eugenia no contenía el corazón en su cuerpo. Fernandito lo primero que hizo entrar a la casa fue llamar a su amigo. No apareció y empezó a buscarlo por todos lados, fue a la cocina y exclamó:

—¡Lo encontré! Abriendo la tapa del horno...

EL TRAUMATÓLOGO

Cursado el tercer año de la carrera de medicina, los alumnos de la Universidad Salerana podían optar a una especialidad, connotadas eminencias dictaban catedra en las diferentes áreas de la ciencia médica. El doctor Aurelio Gunsberg, con sobre cuarenta y cinco años de profesión y varias publicaciones internacionales sobre traumatología se desempeñaba como jefe del Departamento de Estudios Óseos y Presidente de la Asociación Europea de Traumatología. Todos los años, estaba a cargo de la charla de su especialidad, en la que ponía toda su energía para entusiasmar a la mayor cantidad de alumnos para formar en su disciplina.

Las charlas comenzaban puntualmente a las doce horas en las diferentes salas contiguas al gran auditorio en la Casa Central de la Universidad. Llegaría tarde. Le llamaron de urgencia, al alba. Un caso sumamente complicado que se presentó fruto de un accidente de un joven gimnasta. El deportista tenía una cuádruple fractura de fémur con compromiso de rodilla.

Finalizada la intervención corrió escalera abajo, cruzando el hall central y dirigiéndose a la calle abordó a un taxi, tomando de sorpresa al chofer, que distraído hojeaba un periódico.

— Le pago el doble si llega en cinco minutos a la casa Central de la Universidad Salerana -.

El chofer asintió con un movimiento de cabeza y salió disparado sin notar el frenazo de un auto que evitó el choque. No hubo infracción que no cometiera, los semáforos los consideró en verde causando alaridos de groserías. Tras un trayecto lleno de amenazas e improperios el chofer logró cumplir.

El doctor Aurelio Gunsberg serpenteaba de prisa entre los pasillos de la Casa Central recibiendo los saludos que no respondió, concentrado en el tema de su charla.

Gunsberg era un hombre que llamaba la atención donde estuviera. Hablaba rápido, a veces se saltaba palabras, fruto de su mal castellano. Parecía estar siempre apurado. Era alto, delgado, orgulloso de su plateada cabellera cuidadosamente descuidada. Vestía en forma impecable. Hablaba siempre mirando a sus interlocutores. De gran humor, conocido por sus clases entretenidas siempre salpicadas de picardía. A sus clases no faltaba un solo alumno. Entre los profesores de la facultad era de los más queridos.

La puerta de la sala se abrió repentinamente y una voz repetía – ¡disculpen niños! – ¡disculpen niños! Mientras se dirigía al proscenio. Fijó la vista en los alumnos de la primera fila, las luces le impedían ver con claridad más atrás. Comienza su charla basada en la intervención que recién había realizado, motivo de su atraso.

De un costado del proscenio se acerca un joven auxiliar, le interrumpe hablándole al oído; doctor, en esta sala están los alumnos de ginecología.

Gunsberg concentrado, continúa sin poner atención a la advertencia

...Sobre la especialidad, hoy hablaré de la atención, el médico debe concentrarse en su objetivo sin quitarle la mirada ni medio segundo... La zona puede requerir cuidados en bordes e interior. ...Si la apertura no es suficiente, la tendrán que ensanchar para la correcta introducción... Muchas veces, con ayuda de los dedos deberán abrir más para que la unión sea adecuada. ...Así no hay necesidad de sacar y volver a introducir el elemento buscando mayor precisión......hay que conocer su longitud y grosor para evitar molestias y facilitar los movimientos. ... para que se convierta en un especialista...

LA BOLSA DE CARBÓN

Mientras Mauro frente al quiosco esperaba el periódico, me acerqué a mirar una hermosa foto de una isla en la ventana de la agencia de viajes Urbis. *"La experiencia de vida"* rezaba el llamado a visitar tan paradisíaco lugar. Todos los afiches turísticos tenían otras frases, *Inolvidable…Sólo por 40 usd… La historia de Grecia… París a sus pies…,* ninguno mencionaba *"experiencia"*. La curiosidad me llevó a conversar con la encargada manteniendo un ojo en Mauro. Alcancé a preguntar sobre la foto de la isla cuando salí disparada a buscarlo.

— Ven, quiero que veamos la foto de una isla.

—¿Isla?

— Sí aquí en la agencia de turismo.

— No tenemos plata para ir de vacaciones….

— No… no... es que me llamó la atención. Dice *La experiencia…*

— Ah, esa foto.

Al vernos entrar la chica que atendía se levantó de inmediato.

— Adelante, asiento. Usted me preguntó por la isla Taohá.

— Sí dice algo de una *experiencia de vida* …

— Es un lugar muy particular en el Pacífico Sur. Pertenece a un matrimonio joven. Reciben sólo a una persona o familia a la vez por un mínimo de dos semanas, máximo un mes.

— Debe ser carísimo…dijo Mauro

— No. La estadía no tiene costo. Solo el pasaje aéreo a Port Duval de ahí lo llevan a la isla.

— No puede ser…...

— El único costo es una bolsa de carbón.

—¡Es una broma! No es verdad

— Vámonos, …. Esto no es serio –

Mauro me tomó del brazo. La chica se levantó y de prisa tomó una carpeta.

— Señor, ¡por favor! Déjeme mostrarle. Por eso dice *"una experiencia de vida"*.

— No puede ser – repitió mi esposo.

Mauro tenía la carpeta en sus manos. Daba vueltas las hojas con información del lugar.

—¿Y esta lista de nombres y fechas? –

— Corresponde a las reservas.

— La lista es larga.

— Sí, por cada persona que va a Taohá tenemos a lo menos dos o tres reservas.

— Las construcciones son muy rústicas, está todo abierto – manifestó Mauro mostrando cierto interés.

— Son las instalaciones en la isla. Una cabaña principal con dos laterales más chicas. El clima no varía estacionalmente, la temperatura se mantiene alrededor de 22 a 24 grados noche y día.

— Si uno reserva y después desiste, ¿no tiene costo?

— No señor, incluso la reserva de vuelo es con fecha variable, también sin costo.

Mauro me miró con cara de pregunta y dijo:

— Mi nombre es Mauricio Ugarte, inscríbanos por favor.

Salimos de la agencia sin preguntar nada más, pero felices de haber ido a comprar el diario.

La chica que nos atendió en Urbis llamó, le costó trabajo ubicarnos. No dejamos teléfono ni dirección.

—¡Mauro, vamos a Taohá! -.

Me dijo que no había reservado para cenar fuera. Mi cara, con una sonrisa de malicia lo hizo aterrizar.

— Tendrás más de cuarenta, pero……

—¡Taohá, ...llamaron!

— Nos avisarán con diez días de anticipación.

— Tengo que arreglar todo en la oficina….

— Pregunté de la ropa a llevar. Me dijeron nada.

— Cómo, ¿nada?

— Sin ropa. Solo traje de baño y pantaletas.

—¿Quince días en pelotas? ¡Por fin!

— A mostrar tu panza y yo mis pechugas.

— Seguro, ¡donde salió la desinhibida!

— No alegues después…….

Mauro dejó todo en orden, claves, documentos, contratos, etc. Isabel, nada que preparar traje de baño y pantaletas. Partían al día siguiente al alba. Ella con 38 años y él con 42 iban a una aventura *"de experiencia de vida"* apenas con una mochila. En el mostrador de la aerolínea mostraron el equipaje, una mochila en la mano y un saco de 10 kilos de carbón. Pasando policía internacional, un agente de aduanas.

—¿Señor y Señora Ugarte? – Acompáñeme por favor -. Ahí estaba, el saco con diez kilos de carbón.

— No está prohibido transportar carbón, pero debe ir en un envase anti-flama. –

Mientras un funcionario introducía el carbón en una bolsa gris gruesa. Continuó:

— Varias veces hemos visto a familias y otras parejas, llevar carbón, nos contaron una fábula...

Mauro se adelantó...

— Vamos a una isla y es el único costo de la estadía, una bolsa de carbón...

Con una sonrisa burlona nos alcanzaron un formulario para la declaración del carbón. Señalaron que la copia la necesitaríamos al desembarcar y que no les importaba donde fuéramos. Se dieron media vuelta y desaparecieron. Mauro la dobló cuidadosamente en cuatro y la guardó.

Era temprano para embarcar así es que paseamos mirando las tiendas que venden supuestamente sin impuesto. Mauro se detuvo leyendo los titulares de un diario cuando llamaron a embarcar. Le dije que leer diarios conmigo traía consecuencias.... y me reí abiertamente. Comentamos que la sala de embarque era un muestrario de personajes; jugamos a adivinar el motivo de su vuelo. Lo único en común era su silencio y actitud de resignación en espera del llamado.

El vuelo duró once horas, las mismas que pasé en vela, con envidia escuchando como Mauro roncaba. Nos sirvieron desayuno mientras en francés anunciaban Port Duval en pocos minutos.

Nadie nos revisó la mochila ni el paquete de carbón. A la salida un letrero en manos de un joven decía: Mr. & Ms. Ugarte. Al acercarnos una sonrisa mostró su linda dentadura en un rostro que desbordaba simpatía. Se señaló a sí mismo diciendo: - Aoran, nombre Aoran, tengo encargo de llevar -

Nos condujo por un sendero angosto, entre una vegetación exuberante con todos los verdes del universo, en un triciclo con motor. El destino era una canoa amarrada a un muelle; embarcamos sentados unos detrás de otros. Mauro adelante, yo al medio y Aoran atrás. Levantó la vela, empuñó una vara, y no la soltó más. Debe tener unos veinte años, no muy alto, pero muy proporcionado. De piel naturalmente bronceada. No usaba calzado, pantalón bermuda ajustado y camisa amplia, muy amplia sin botones que ocultaran su musculatura. Levantó su brazo derecho señalando el horizonte: - mancha oscura es Taohá. Arrivé en minut -.

Llegamos a una playa, con velocidad encallamos en la arena. Nos recibieron Taomi y Eonivé, nuestros anfitriones. Taomi, bastante más alto que ella nos saludó en perfecto castellano con un beso en ambas mejillas, igual a Mauro. Eonivé, nos abrazó a ambos, tomó la mochila y nos pasó una flor blanca muy fragante. Aoran desapareció con la bolsa de carbón. Nos llevaron a la cabaña, no tenía puerta ni ventanas. Dos asientos con respaldos curvos orientados hacia el mar, separados por una pequeña mesa. Todo era de madera, o vegetal o marino. La cama, con un respaldo de fibra tejida con la silueta de dos rostros de perfil. La tela del cubrecama era suave, tejida con finos hilos, no había sábanas. Sin mesa de noche. Todo abierto, ducha, lavabo, lo único parcialmente cerrado era la taza del baño.

La cabaña estaba rodeada por varias más pequeñas, todo alrededor de un espacio abierto.

Eonivé apareció con una bandeja, traía dos vasos de madera y un jarro grande.

— Es el refresco de bienvenida. Si no le gusta pueden dejarlo. Acá no hay obligaciones.

— Muy agradable, dijo Mauro sin quitarle la vista a Eonivé ¿Qué es?

— Jugo de un fruto de la isla

— Pruébalo Isabel, te va a gustar.

—¡Siii, muy suave, que rico!

Eonivé nos invitó a la plaza. Donde estaba Taomi con Aoran. Sentados junto a ellos devoramos algo así como papas fritas con sabor a zanahoria. A Mauro le fascinaron.

— Son escamas de una papa, secadas al sol, abren el apetito – dijo Taomi

— Ya lo creo, ¡qué vergüenza, las comimos todas!

Se incorporó Eonivé a la conversación:

—¿Por qué decidieron venir acá?

— Yo estaba comprando el periódico e Isabel...

Taomi era hijo del jefe de la comunidad nativa de Taohá. La isla, por acuerdo con el gobierno inglés mantiene su autonomía. Estudió en Inglaterra desde los siete años. Su padre quería que estudiara. Taomi regresaba a la isla en vacaciones. Le era muy difícil compatibilizar la vida cultural de su pueblo con la vida en Inglaterra. Falleció su padre y regresó definitivamente a Taohá.

—¿Cómo se te ocurrió hacer el programa que tienes? – Preguntó Mauro

— Mi pueblo me necesita. Tengo que proteger nuestra cultura que no muera devorada por lo que ustedes llaman progreso. Por eso ofrecemos estas estadías sin costo.

— No es posible vivir hoy aislado del mundo. Sé que para ustedes debe ser ofensivo que les digan que no son civilizados.

— Nos hace reír y nos entristece. Por eso la foto de nuestra isla dice "experiencia de vida". Ustedes no han visto a nadie, pero aquí viven muchas personas a las que les dicen aborígenes, y son más cultos que los habitantes de Londres. Cada uno tiene su función en la comunidad y son libres.

— En Inglaterra hay libertad. – acotó Mauro -

— Los ingleses son esclavos del dinero, nuestra cultura no lo necesita. Aquí lo tenemos todo, la naturaleza nos provee. Alimento, medicina, educación, cultura. Aquí, sin leyes ni jueces, sicólogos, policías nuestra tradición reemplaza todo eso. En Londres conocí pocas personas felices. Todo es norma, prohibición, anhelos materiales y tanta codicia. Tengo veinticinco años y mi mujer, Eonivé, veintidós. Juntos en los últimos años hemos recibido a muchos aborígenes, según ustedes, de las islas cercanas sometidos a vuestra "civilización" que destruye para construir "felicidad".

Escuchando a Taomi, nos sorprendió la puesta de sol, el cielo se pintó de indescriptibles colores, del naranja al celeste pálido. Las notas musicales de un instrumento de cuerda precedieron a dos jovencitas trayendo unos trozos de pescado delgados sobre galletas oscuras. Aoran se acercó con un pequeño instrumento de cuerdas que emitía un dulce sonido. Estaba hipnotizada con la luz, las personas, el suave sonido del mar y Aoran brindando esa música.

— Que instrumento es ese? – pregunté a Eonivé.

— Es un instrumento que fabricamos en la isla. El cuerpo es de un fruto grande que se deja secar, las cuerdas son de fibra de malindera, un vegetal que proporciona cuerdas muy firmes. Mi hermano Aoran es profesor de música en la escuela, está interpretando la música de bienvenida.

Nos retiramos a la cabaña en silencio pensando en descansar, el día nos iba a tumbar, pero no.

Entramos a la cabaña, me desvestí y entre a la ducha. Mauro no me quitó la vista. No me dejó secarme y me llevó a la cama. La relación, por momentos, asfixiante, apasionada, crujía la cama, no nos importó que crujiera, quería que crujiera.

No había ruido, el cambio de hora nos despertó. Nos miramos con Mauro y la risa salió espontánea. Estaba amaneciendo. Trinos de aves anunciaban que pronto estaría claro. Nos duchamos juntos, abrazados bajo el agua tibia, sentía su cuerpo como no lo había sentido antes. Nos habíamos bañado juntos recién casados, pero el apuro, la oficina, el desayuno que se enfriaba, fue dejando de lado ese contacto hasta desaparecer.

Caminamos hacia la playa. No vimos a nadie. El sonido suave del oleaje era suficiente compañía a nuestro silencio consentido. El turquesa del agua contrastaba con el gris de la fina arena volcánica desgastada durante miles de años. Dos figuras emergieron del mar, dos muchachas a torso desnudo con unas mallas en la mano. Nos saludaron desde lejos y se internaron entre la vegetación.

De vuelta de la playa en la plaza en una de las mesas había un jarro, vasos y una fuente con trozos de fruta. Taomi y su mujer se sentaron con nosotros a compartir. Ambos nos miraron con una sonrisa de complicidad. Si era lo que estaba pensando, me iba a dar vergüenza. Si, era lo que estaba pensando. Saqué agallas y mencioné que habíamos tenido una gran noche. Eonivé asintió con una risa espontánea que me ruborizó. Nos habló de una tradición de su pueblo basada en una historia.

„Un joven estaba enamorado de esposa y su pasión hacía crujir el lecho despertando a sus hijos. Una noche, mientras dormían sus hijos, tomó a su esposa para tenerla y fue controlando suavemente su pasión sin hacer ningún ruido. Su unión fue tan perfecta que permanecieron abrazados eternamente ".

Eonivé continuó; la pasión se disfruta más sin apuro, sin prisa, el amor estalla con más fuerza. – Mauro no se contuvo, dijo... ¡y sin despertar a nadie!

Los cuatro rompimos en una carcajada y continuamos probando lo que había en la mesa.

Eonivé nos levantó a ambos y dijo – vamos a la escuela.

En una sala más grande que nuestra cabaña, doce alumnos, sentados en pisos de madera atendían a un adulto mayor. Estaban en clase de historia. El anciano relataba hechos de su vida, de antepasados y acontecimientos importantes de la comunidad. Los alumnos las memorizaban. Cuando fueran mayores las difundirían.

Al regresar preguntamos por las muchachas que vimos en la playa. – Son mariscadoras – dijo Taomi. - En la cena probarán lo que ellas capturaron.

La cena fue precedida por una presentación de baile al ritmo de un tambor y música a cargo de Aoran. Participaban sólo mujeres, pequeñas niñas y mujeres adultas. De las caderas pendían unas delgadas fibras formando una falda agitada por el movimiento sensual de las caderas siguiendo el ritmo del tambor y la música. Todas con sus pechos descubiertos, incluso las mujeres de mayor edad. Eonivé delante, con los movimientos de su cuerpo dirigía grupo, que le obedecía. La armonía de sus desplazamientos junto a los sones musicales seguidos por las otras bailarinas era un cuadro de danza fantástica.

Taomi me preguntó si sabía nadar para que acompañara a las chicas mariscadoras. - Claro que sé, voy encantada -. – Ellas te buscarán -. Era emocionante acompañarlas y bucear en esas aguas.

Mauro e Isabel se encaminaron a la cabaña pensando que esa noche debían aprender a no despertar a nadie.

Isabel estaba en pie cuando llegaron para ir a mariscar.

Las acompañaba Eonivé. Le recomendó que dejara la blusa, le iba a molestar en el agua. Ellas iban con un pequeño calzón, Isabel con un short. No era cómodo para nadar, se lo quitó y quedó con un colaless bastante atrevido y se internaron en el mar. Isabel con su cuerpo desnudo acariciado por el agua tibia del mar, se dejó llevar por sensaciones placenteras que jamás concibió sentir. Nadaron en superficie, pronto apareció un mar profundo. A una seña se hundieron las dos muchachas. Eonivá señaló que esperara. Las jóvenes volvieron a la superficie con un molusco de gran tamaño, volvieron a sumergirse, Isabel las perdió de

vista. Aparecieron por detrás con un pez ensartado en una vara larga.

Mauro, sentado en la arena junto a Taomi, le pareció ver una imagen celestial. Cuatro ángeles, caminando hacia el sosteniendo el alimento divino. Su mujer entre ellas con una sonrisa espléndida y sus ojos delatando emoción sin darse cuenta de que estaba prácticamente desnuda.

Hermosa, su torso, cintura y caderas bien torneadas, no tenía nada que envidiar a las jóvenes ni a Eonivé. Para para almorzar, Isabel sólo se puso el short.

Esa tarde salimos a navegar. Ahora nuestro capitán abandonaba la música por la navegación. Isabel mantuvo su torso desnudo. Aoran, nunca detuvo su mirada en Isabel ni menos en sus pechos. Mauro ya no tuvo más aprehensiones sobre la desnudez de su mujer y se dedicó a disfrutar. De tarde en tarde, entre la vegetación exuberante, aparecía una cabaña rodeada por figuras de madera y una embarcación en la playa. Mauro preguntó sobre las figuras, en la cena de esa tarde fue el tema de conversación.

Cada cabaña la hereda el hijo mayor del propietario. Las figuras de madera representan los antepasados. Así mantenemos viva la historia de cada familia. El tallador es el padre de Eonivé, enseña en la escuela, también representa escenas cotidianas de nuestra vida. Están en las cabañas, tanto dentro como afuera.

— Hay algunas que tienen muchas figuras. – dije yo -.

— Son cabañas de familias numerosas y tradicionales, muy respetadas en nuestra comunidad.

— Ustedes tienen una devoción especial cuidando sus tradiciones.

— En los años que viví en Londres, aprendí que en su civilización dan importancia al arte, pero lo esconden en sus casas y museos. Para ustedes las artes son más distracción que cultura.

Conversamos con Mauro sobre el relato de Taomi. Le dan importancia al tallado, la pintura, la danza, la música, la construcción, y la tradición oral para mantener viva su historia. En realidad, son las artes, base de una cultura y que para nosotros son entretenimiento y distracción como señaló Taomi. El tema estaba muy interesante, pero Mauro y yo queríamos ir a la cama sin hacer ruido.

La última semana en Taohá la pasamos en la playa, navegando con Aoran y atentos a las charlas durante almuerzo y cena con Taomi y Eonivé. Era increíble como habían organizado una comunidad en la que cada uno tenía una función que les permitía conservar su cultura con una calidad de vida excepcional. La experiencia fue realmente una *experiencia de vida*. Las dos semanas que pasamos parecieron un par de días, pero teníamos que volver al *dinero y el consumo*.

Aoran nos llevó de vuelta a Port Duval, regresábamos con la misma mochila.

La experiencia fue tan cautivadora que se nos olvidó preguntar por la bolsa con carbón Aoran nos dijo:

— Para cocinar para visitas, nosotros comemos crudo, más sabroso.

EL PROYECTO

Enrique recibió el mensaje, entró corriendo a su oficina, el gerente de zona venía a Puerto Varas, pasaba a verlo. Por semanas trabajó en un nuevo proyecto. Se lo había enviado y no tenía respuesta. El recado de la secretaria casi llega tarde, quería navegar. Preparar la lancha, bastaba un día, era suficiente.

— Marcela, me va a pasar a buscar don Mario, tengo que hablar de mi contrato, no debo esperar más….

— Pero yo voy a salir…… y la niña no se puede quedar sola.

— ¡Tiene 14 años!, ¡Marcela por favor! y vamos en la lancha, quiere navegar.

— Enrique…. sola no se queda. Llévala con ustedes. Le gusta andar en lancha, conoce a don Mario.

— Se va a aburrir, y sabes lo cargante que se pone.

— Que se aburra……. Pero sola no se queda. No puedo cambiar la hora al dentista.

— Sabías que hoy tenía que salir ¿y así y todo tomaste la hora?

— No me acordé……

— Si es una consulta al dentista, no será más de una hora

— Lo que sea, pero ya te dije, …… sola no se va a quedar.

— Pregúntale a ella.

— ¡No! …. Te va a decir que quiere quedarse.

Cuando la Marcela se monta en el macho…justo hoy, cuando necesito conversar tranquilo. Mi contrato es importante. Quiero ese proyecto. Don Manuel es objetivo. Tengo que demostrarle que es rentable.

¡Ahora Marcela me sale con que tengo que acarrear a la Soni! y como es igual a su madre, ya le debe haber dicho que con ella no va a salir.

— Soni….

— Si papá

— Vamos a ir con don Mario a pasear un rato en lancha. Nos vas a acompañar.

— ¡Que lata! No quiero ir.

— Habla con tu mamá.

— Ya sé, como no quiero ir con ella, me obliga a ir contigo. ¡Es injusto!

— A ti te gusta andar en lancha….

— Pero no con ese viejo.

— ¡Oye! Es sólo un par de años mayor que yo. Dile a tu madre que vas con nosotros.

— Ya se fue.

Don Manuel tardó más de lo que supuse. Apareció sonriente,

— ¡A navegar Enrique! – Ese fue su saludo.

A Soni la ignoró. No eran de mutuo agrado. La cara de Soni lo dijo todo. Nos acomodamos, yo al volante don Manuel a mi lado y Soni en el último asiento de atrás. El lago estaba espejo. El volcán reflejado, sol tibio de otoño, los únicos navegando, Mejor imposible. Tengo que concentrarme. Evitar que don Manuel me cambie de tema. Le entregué el informe, sé que no le gustó, pero es el directorio el que decide. Aumentan los ingresos de otras áreas, muy poco la que él dirige. Quizás esté en contra. Es muy ladino. Veremos.

— Don Manuel, ¿recibió mi informe?

— Ah, sí.

— Papá la lancha tiene un hoyo, entra agua

— ¿Qué le parece el proyecto?

— Bueno, el riesgo es bajo.

— Papá la lancha hace agua

— Sabes, Enrique, sólo si tú te haces cargo puede que valga la pena, pero el directorio lo rechazó.

— Qué lástima don Manuel.

Naufragaron, Enrique perdió el proyecto, retornó con Soni a la casa, Marcela aún en el dentista, y la lancha con don Manuel en el fondo del lago.

NOSOTROS LOS DE ENTONCES

Vine obligado. No quería que me dijera lo que ya sé. El doctor con los exámenes en su mano y la mirada en mi rostro lo dijo. Nada que hacer. Lo intuía. Uno se conoce. Los que están acá en la sala de espera, también se van a morir, pero se resisten, ¿no es correcto aceptarlo?, dicen sí, claro, todos se mueren, pero no lo asumen, como si no les fuera a pasar. Al salir a la calle veo a todos embebidos. Corren, entran, salen, vuelven, se agitan, discuten ¿adónde van?, a su final. No quieren pensar que les llegará. Yo lo sé. Voy a mi casa en paz. Tranquilo. Siempre lo quise así. Estoy enfermo y voy a morir. ¿Cómo será? Dicen que tengo para rato y me repondré. Es lo que hay que decir a un enfermo que le queda poco. Todos moriremos, ¿Cuándo? Nacen niños a diario, miles, millones ¿y los viejos? Cada vez más duros, aferrados a la vida. Dos nacen y uno muere. Como el nombre del hotel de Condorito, "uno se va dos llegan". ¿Cuánta gente cabe en el mundo?, cuatrillocientos como decía mi nieta menor a los cuatro años. Sí cuatrillocientos, ¿alcanzará la comida para todos? No, claro que no. Como si no fuéramos todos a morir. Tal vez la solución sea poner un máximo de edad, después de cierta edad, al centro de reciclaje. Le dije esto a mi mujer, no me habló en dos días. Todos quieren vivir lo más posible. Inventan drogas y pastas y cremas con inversiones monstruosas. Vanidad, el afán de verse bien. ¿Será mejor morir sin arrugas? ¿Con más de 110 años, inútil, sin poder aportar y mantenido por años? No, por supuesto que no. Pero me intriga como será morir. Da lo mismo si eres pobre o rico, gordo o flaco. Creo que todos morimos feos, ni la sombra de cuando éramos jóvenes. En esos días cogíamos a diario, ahora inventaron una pastilla para lograr una erección. Te tomas una píldora, coges con una joven y la dejas en la mitad; el corazón arrancándose del pecho, colorado y con dolor de cabeza, sin mencionar la vergüenza. No, cada cosa en su tiempo. Y ahora me toca morirme, quiero saber, ¿Cómo será? ¿Tendré frío? ¿Sueño? Nunca me cuidé. No seguí las instrucciones. No comas frituras, el huevo es pesado, cerdo y longanizas por ningún motivo, el pan engorda, no al azúcar, te puede dar diabetes, todas cosas que jamás respeté. ¡Y lo bien que viví! Tengo poco más de 70 años y me voy a morir. ¿Cómo será? Antiguamente la muerte llegaba antes de los cuarenta años. Ahora se vive por sobre los 80 años. Algo está mal. No deberíamos vivir tanto. No se vive bien después de los ochenta. Son patrañas. Siempre ponen como ejemplo a tal o a cuál. Quienes viven más de ochenta años son la infinitésima parte de la población. Pero nadie lo dice, eso no se difunde. Y tampoco como viven. Algunas tortugas viven 250 años. Si nuestra vida fuera tan larga, la población de la tierra sería un hormiguero monstruoso de muertos de hambre en sillas de ruedas. Definitivamente no estamos hechos como las tortugas para vivir tantos años. Me voy a morir, pero quiero saber cómo es morir. Nadie sabe, se le teme. Por eso, inmensos recursos se gastan para prolongar la vida, en vez de usarlos en mejorar la forma de vivir. El hombre es tonto. Se vive mejor disfrutando el regalo de los sentidos, la vista, el tacto, el gusto, el oído. Sí, el hombre es tonto, siempre detrás del dinero y el poder, como si te sirviera para evitar morir. Fui afortunado, me dijeron que era gozador de la vida. Y así fue. Disfrute a fondo de lo que me brindaron mis sentidos. Una puesta de sol, un amanecer, la mujer que gocé con amor y pasión, la música que me sumerge en la magia de la imaginación, los asados y esas marraquetas recién horneadas. Y voy a morir ¿Cómo será? Alimentarnos, vestirnos, protegernos de las inclemencias de la naturaleza, sería suficiente, ¿Para qué tanto más que no se necesita? El hombre es tonto. Si hace calor, había que inventar el aire acondicionado. Como si la humanidad no hubiera sobrevivido por miles de años sin aire acondicionado. Me voy a morir, con curiosidad de saber cómo es, ¿lo podré averiguar? Lo que es seguro que la humanidad se encamina a su fin. Habrá tal cantidad de seres sobre la tierra que no habrá alimento que alcance...500, 1000, 2000 años más. ¿Y entonces? No es fantasía, la humanidad lleva más de 40.000 en la tierra ¿Cuánto queda? Yo no estaré, me voy a morir, ¿sabré como es morir? Nunca acepté que me hospitalizaran, quiero morir aquí, tranquilo en mi pieza, en mi casa, y quiero saber cómo es la muerte......quiero saber...quiero saber...saber...saber...

DECISIÓN Y DESTINO

Estaban de aniversario, cinco años de matrimonio y Alfredo nunca mostró pesar por no tener hijos. No obstante, Loreto se sentía responsable.

— No es tu culpa Loreto, es la voluntad de Dios.

— Tú siempre anhelaste tener hijos.

— Los caminos en la vida no son como uno quiere y eso no implica que no seamos felices.

— Siempre dices lo mismo y me cuesta creerte.

— Créeme, he tenido los mejores cinco años de mi vida contigo, te amo

— Lo sé, yo también te amo.

En cierta ocasión conversaron sobre adoptar. A Loreto le parecía aceptable criar un hijo de otra madre, para Alfredo siempre sería el hijo de otro.

— Una vez hablamos sobre adoptar un hijo, ¿recuerdas?

— Sí, claro. – la pregunta tomó por sorpresa a Alfredo

— Hay una organización que hace estudios a las parejas para analizar compatibilidades.

— Ya conversamos, la incertidumbre de un padre es algo que no puede estar presente en la vida de un niño. - replicó Alfredo

— Tenemos que estar de acuerdo. Por supuesto. También existe otra posibilidad. – Loreto estaba decidida a llegar al fondo -.

— ¿Qué posibilidad?

— Hay mujeres que ofrecen su vientre.

— ¿Tú quieres que tenga sexo con otra mujer para embarazarla? Estás loca, jamás lo haría.

— No. No es así. Se usa inseminación.

— ¿O sea que yo tengo que masturbarme cuando otra mujer esté fértil?

— Alfredo, ponte serio. Nosotros elegimos la mujer. Se estudia su genética, su físico, sus antecedentes, sus gustos, sus hábitos. No la conoceríamos ni ella a nosotros.

— Veo que te informaste. ¿Hablas en serio?

— Sí, muy en serio. Piensa, adoptaríamos un hijo tuyo.

Alfredo miró a su mujer meditando, con la vista extraviada. Le estaba proponiendo algo que jamás se le hubiera pasado por la mente. Que embarazara a una mujer sin tocarla y nos quedáramos con su hijo. En un laboratorio o quizás quien sabe dónde. Engendrar un hijo técnicamente. Los hijos nacen por un acto de atracción, placer y amor. Y muchos sin amor. Pero ¿por dinero? Cuando se hace un hijo hay recuerdos gratos. ¿Y ahora?

Alfredo aceptó. Como única condición exigió que ella eligiera a la madre. Cuando Loreto le recordó que sería su hijo, sus genes, parecido a él, con los mismos gustos… igual no le atraía, pero no se opuso. Loreto trajo una lista de postulantes. Eran nueve. Entre veinte y veintiocho años. Confiaba en su mujer. A ellos también los entrevistaron. Cuestionario interminable. De porque si, de porque no, de trabajo, de antepasados etc.…etc. De las postulantes sólo una se parecía a ella, estatura color de piel, color de ojos y pelo. Hija única, veintisiete años, huérfana de padres europeos. Terminada la cena Loreto apagó televisor.

— Alfredo, mañana a las diez tienes una cita

— No Loreto, no jodas.

— Si quieres te acompaño, es en la clínica Providencia.

— ¿Por qué no me habías dicho?

— Te lo estoy diciendo, - me llamaron hoy expresó Loreto con una sonrisa –

— Y ¿Qué tengo que llevar?

Loreto lo abrazó riendo

— ¡Llévate a ti! – exclamó

— No te rías, tendrás claro a qué voy….

— Si, tendrás que masturbarte para que congelen tu semen.

— Imagino que estaré solo…

Loreto no aguantó más y lanzó una carcajada.

— Tú te ríes, para mi es vergonzante.

— Recuerda cuando te decía que no y según tú te masturbabas – lo dijo riéndose –

— Vas conmigo y no abres la boca.

El laboratorio estaba al final de la gran sala de espera. Tenía que cruzar, se acordó de la capotera del colegio, sintió las miradas curiosas por su rápido tranco, Loreto lo seguía sin correr. Entró y se identificó; pasó a una pieza donde la auxiliar le entregó un recipiente y que tocara un timbre cuando estuviera listo. Loreto esperaba. Se estaba tardando, tal vez le podría ayudar. Bastó pensar el ella, fue suficiente. Se abrió la puerta y Alfredo apareció con el ceño de un niño sorprendido haciendo una maldad. Abrazados se besaron, la auxiliar interrumpió, les llamaría.

— Loreto, necesito un trago.

— Son las once y media de la mañana.

— No importa. Salgamos de acá.

— ¿Muy difícil?

— Dantesco, masturbarse en una pieza solo, a mi edad, me sentía ridículo. Pensé en lo que estaba haciendo y funcionó menos. Sólo funcionó cuando pensé en ti. Que estabas caliente y querías hacer el amor.

— ¡Qué bien, ya sé lo que tengo que decir!

— No seas tonta, Loreto.

Dejaron la clínica tomados de la mano. Caminaron en silencio entre personas apuradas, comerciantes ambulantes, bocinazos y congestión.

Almorzaron en un pequeño restaurant. Se miraban a los ojos escudriñando el futuro que les esperaba con este paso que acababan de dar.

¡¡Vas a ser papá!! Fue el saludo de Loreto lanzándose a los brazos de su marido. Pronto se enteraron de que era varón. Ni Loreto ni Alfredo tenían certeza de la fecha del embarazo. Habían pasado varios meses, pero no nueve. La incertidumbre los invadió. ¿Sabes qué hora es?, Son las dos de la mañana.

— Alfredo, creo que no falta más de un mes. Me muero de ganas de tenerlo.

— Mi amor, dime que estás caliente y quieres hacer el amor.

— ¡Déjate de tonteras!

Alfredo se rio por varios segundos. Se dio vuelta hacia ella.

— Anda dímelo

— No.

— Dímelo

Antes que se lo dijera, se abrazaron entregándose con pasión. Sería la última vez en mucho tiempo, que tendrían una noche sin interrupciones.

Alfredo desayunaba, cuando sonó el teléfono, contestó Loreto.

— Sí con ella... ¿mañana?... ¿a qué hora? ...ya, bien.

— Alfredo, ¡¡Llega mañana!!

De un salto se levantó a abrazar a Loreto. El contenía la respiración. Ella las lágrimas.

— Avísale a la María

— No todavía Alfredo, está muy nerviosa, ha quebrado cuanto toma entre las manos...

— Ya tiene su edad

— No tanta, pasó recién los cincuenta.

— Cuéntale de todas maneras.

María había criado a Loreto. Era la nana de confianza de su familia. A la muerte de sus padres se quedó con su "Loretito". Cuando supo que iban a adoptar, frunció un poco el ceño. ¿Un recién nacido de padres desconocidos? Pero ver feliz a su Loretito, fue suficiente.

Marcia pasó su niñez y parte de su juventud en conventos e internados. Una noche de lluvia en medio de la carretera, una niña lloraba junto al cuerpo de sus padres, sólo ella sobrevivió - tenía siete años -. Ingresó a las monjas canadienses de Santiago. Al cumplir dieciséis años. Marcia, hija única, huérfana de padres españoles, completó su educación y se quedó trabajando en el internado. El salario era exiguo, pero en compensación aprendió inglés y francés, idiomas nativos de las monjas. Ella estaba contenta en ese lugar. No le atraía la vida religiosa, pero, sí el contacto cultural con las monjas. Disfrutaba de la biblioteca, a la que llamaba "la catedral del conocimiento", todos los libros de historia y relativos a España habían pasado por sus manos. Admiraba los encumbrados estantes abarrotados de libros, diariamente en un amplio sillón leía hasta el anochecer. Soñaba con España. Cumpliría su sueño.

Golpeó la puerta de la oficina de la directora

— Adelante.

— ¿La puedo interrumpir?

— Claro Marcia, pasa.

Sentada frente al escritorio estaba la Directora del internado. A su espalda el mapa de Canadá pintado en detalle sobre el muro.

— Quiero que me dé su opinión.

— Con gusto, lo que sea

Confiaba en ella, el día que llegó su mirada la cautivó, la recibió acariciando su cabellera, dijo – que bueno que llegaste -.

— ¿Cree que pueda encontrar trabajo fuera del internado? No es que me disguste, estoy contenta. Los considero mi familia. No podría vivir en otro lugar.

— ¿Estas cansada?

— No, pero tengo veinticinco años y quisiera cumplir mi sueño. Ir a España. El pasaje es caro. Necesito dinero.

— ¿Tienes familiares allá?

— No lo sé, conservo unas cartas que recibieron mis papas. Escribí al remitente, nunca contestaron.

— Y… ¿Qué te gustaría hacer? ¿Qué has pensado?

— Lo mismo que acá. Ordenar salas o dormitorios, quizás, como hablo inglés y francés, atender en un hotel, o restaurant. ¿Qué le parece?

En sus ojos la mirada cautivante con que innumerables veces me acogió encerraba algo de tristeza, demoró unos segundos en contestar.

— Te echaríamos de menos, todos te quieren... ¿Has pensado dónde vivir?

— Acá…. Perdón, pagaría mi alojamiento….

— Marcia, has estado con nosotros más de nueve años, ¡esta es tu casa!

— ¿Entonces está de acuerdo que busque trabajo?

— Si Marcia, no voy a impedir que luches por tus sueños.

Marcia revisaba el diario en busca de ofertas de trabajo. Un aviso llamó su atención:

Organización internacional requiere de jóvenes de veinte a treinta años. Tiempo libre. Veinte millones de pesos contrato fijo por un año. Solicitar entrevista al 656 656 9914 de 10:00 a 18:00 horas.

Se presentó y la aceptaron.

La directora estaba al tanto de todo. Aunque no estuvo de acuerdo, no la iba a dejar sola. Pasaron a buscar a Marcia una semana antes del parto. Estaba de vuelta antes de un mes, había entregado a su hijo. Su juventud y el sueño de ir a España le impidieron ver que su hijo no tenía precio. Se desesperaba al recordar que ni siquiera divisó su hijo. Lo iba a encontrar. Tenía todo el tiempo del mundo y el dinero que la sumergía en culpabilidad. Nunca olvidaría, la fecha y el lugar en que nació su hijo.

En la clínica Los Alerces, enfrentó el mesón de informaciones con un ligero acento castellano afrancesado. Se había tomado el pelo, parecía mayor. Consultó por la hospitalización en maternidad de Marcia Quiroz. No figuraba nadie con ese nombre.

— ¿Cuándo se hospitalizó?

— No sé exactamente, hace más o menos tres meses

— Tres meses... tres meses...

— Somos amigas de infancia, nos conocimos en Rouen.

— ¿Dónde?

— En Rouen, Francia.

— No... no figura ninguna Marcia Quiroz.

— Entiendo que dio a luz el diez de octubre pasado.

— Diez de octubre... diez de octubre. Hubo un solo parto ese día, un varón, hijo de Loreto Martínez y Alfredo Diaz, siento no poder ayudarle.

— Muchas gracias de todas maneras.

¡Tenía los nombres!

¿Quién era Alfredo Diaz? Debía ser joven, o no lo hubieran aceptado, buena situación, pagó una gran suma. En el internado fue directo a su dormitorio. La pantalla del computador arrojó más de diez Alfredo Diaz. Varios trabajaban en otras ciudades, cerró bruscamente el computador cuando se abrió la puerta.

— Marcia querida, no me saludaste al llegar, ¿te pasó algo?

— Nada - respondí en forma automática.

— Tú sabes que cuentas conmigo, te apoyaré en lo que sea.

No podía mentir. Siempre ha sido mi soporte, incondicional. Pero sentí temor. ¿Qué sucedería cuando encontrara a mi hijo?

— Lo sé, - dije mirando al suelo – Se cómo se llama el matrimonio que tiene a mi hijo.

— ¡Marcia! ... ¡Te harás daño!

— No puedo sacarme la idea de la cabeza

— ¡También sabes que no es correcto! Firmaste un documento legal.

Corrieron lágrimas por su mejilla. Estaba desconsolada, mientras más pensaba peor era. Temía seguir. Arriesgaba hacer daño a más personas. A quienes criarían a su hijo. No era justo para ellos. Tampoco lo sentía justo para ella. Apoyó su cabeza en el hombro de la directora y soltó el llanto.

— Marcia, estás viviendo la etapa más difícil.

— Me siento sola. Desamparada.

— Es mejor que lo tomes con calma.

Dejo pasar un tiempo y volvió al computador. Sin esa ansiedad obsesiva por encontrar el destino de su hijo. Buscaba algún indicio sobre Alfredo Diaz. Investigó por el apellido. Encontró tres empresas, Diaz y Aguayo, Diaz Importaciones y Diaz Ltda. Decidió visitarlas. Se haría pasar por agente de propiedades. Partió con Diaz y Aguayo, el señor Diaz había fallecido. Llamó a Diaz Importaciones para pedir una cita. Se presentó puntualmente. La recibió una secretaria de aspecto muy profesional, mediana edad, pelo corto, anteojos con marco delgado, blusa y falda.

— Señorita Quiroz, lamentablemente don Alfredo... - Marcia sintió un golpe eléctrico de pies a cabeza al oír ese nombre. ...

tuvo que salir urgente a una reunión en Sao Paulo, pero regresa mañana. Está interesado en invertir en propiedades.

— Muy amable, si usted me indicara el sector donde vive don Alfredo, puedo formarme una idea del tipo de propiedad que sería de su interés, se lo agradeceré.

— Vive en Lo Barnechea, en la calle El Aromo.

¿Encontraría la casa donde vivía su hijo? Desconocía ese sector. Iría en taxi. El Aromo en Lo Barnechea.... Calle corta de tres cuadras entre dos avenidas. El taxi que la llevó dio tres vueltas,

— Señorita, no existe el número que busca.

— Tiene razón

— Bien, volvámonos.

Fue suficiente, grandes casas, lindos jardines, un sector de personas adineradas. No había duda de que a su hijo no le iba a faltar nada, pero ella era su madre. No cejaría, estaba dispuesta a dar con él. Notó que en esos barrios nadie caminaba por las calles. Vio algunos jardineros, empleados particulares. Todos con ropa de trabajo o ropa sencilla.

El bus a Lo Barnechea tardó cuarenta minutos. Se bajó en el paradero a dos cuadras de la calle El Aromo. No había nadie a la vista. Caminó la primera cuadra. En la segunda, preguntó a un joven que limpiaba la vereda, por la familia Diaz. Ni idea. Más adelante volvió preguntar por la casa de don Alfredo Diaz.

Tampoco. Hacía calor, se acercó a una señora que estaba regando, vestía lo que parecía un uniforme.

— Perdone, ¿sabe dónde vive la familia Diaz?

— Si, aquí al lado.

Marcia logró mantenerse en pie. Le temblaban las manos. No quería tartamudear, no le salieron palabras. Estaba paralizada. Con la vista fija en la casa vecina. ¡Ahí estaba su hijo! La señora seguía concentrada en el riego y prosiguió:

— ¿A quién busca?

— Me... me dijeron que necesitaban servicio....

— Por el niño... ¡claro!

— Sí, si... por el niño.

— Yo trabajo con ellos, me llamo María – sonrió – los vecinos están de vacaciones y les ayudo con el riego. ¿Viene con recomendación?

— Sí.

— ¿Con trato de niños?

— Sí.

— Voy a cortar el agua, y le presento a la señora.

— Ya.

— Entre nomas, los dos son muy buenos patrones.

— Ya.

Entraron por la puerta de servicio. Marcia tiritaba. Casi no se sostenía. Estaba aterrorizada. No sabía que iba a decir. Se sintió entrando al cadalso. Apareció Loreto, la hizo pasar a una salita.

— ¿Cuál es su nombre?

— Marcia Quiroz

— ¿Cómo se enteró que estamos en busca de una asistente?

— La verdad, en una conversación, y me atreví a venir, disculpe.

Loreto la escuchó analizando a la joven que tenía en frente, hablaba correctamente, su apariencia, más que aceptable, continuó

— ¿Qué edad tiene?

— Veintiocho años

— ¿Estudios?

— Solo secundarios, pero hablo idiomas – sacó fuerzas para decirlo.

— ¿Idiomas?

— Sí, soy huérfana, me eduqué en las monjas canadienses. Hablo inglés y francés.

— ¿Trabajo?

— Me desempeño como auxiliar en el internado Providencia.

— ¿Experiencia con niños?

— Niños y niñas de cinco a 18 años

— Déjeme el número de teléfono del internado. Le llamaremos, para otra entrevista cuando llegue mi marido. Mi nombre es Loreto. Gracias por venir… ah traiga su currículo.

La acompañó a la salida, no estaba María, era la puerta de entrada. Con la vista en blanco e ideas confusas, caminó hacia el paradero. La mezcla de emociones, respuestas automáticas, comprometió el internado, ¿Qué había hecho?

Marcia llegó con temor por lo acontecido. No fue a saludar a la directora no se atrevió. Estaba en su pieza, esperándola de pie con los brazos cruzados, afirmada en el escritorio.

— ¡Marcia, que hiciste! ¿Te volviste loca?

— Creo que sí.

—¡Llamaron! No entendía lo que me preguntaban. ¡Recomendación! Que recomendación iba a darte. No sabía dónde estabas. ¡No me debes una, me debes mil!

— Por favor perdóneme. Qué vergüenza, no pude retroceder, antes que pasara un minuto me encontré dentro de esa casa.

— Ahora, ¿Qué vas a hacer?

— No sé. Me dijeron que podían llamarme

— Marcia, por Dios como se te ocurrió hacer esta locura.

— No sé.

— Si te descubren, puedes terminar en la cárcel.

Ya estaba hecho. No quedaba más que olvidarse de lo que pasó o continuar. Existía la posibilidad que la rechazaran. Era lo mejor que podía suceder según la directora. También que la aceptaran. Dos días en que Marcia se convirtió en zombi, no conciliaba el sueño. Joven inquieta, inteligente y por el deseo de ir a España, vender a su hijo, algo que no sopesó en su justa medida. Estaba sola en el mundo y la soledad la llevó a tomar una decisión errada.

La directora respondió la llamada. Citaban a Marcia Quiroz para ese mismo día a las siete de la tarde. Angustia y tensión, ya no era nerviosismo. Como iba a responder al ver a su hijo. La directora decía que era fuerte. Ahora necesitaba esa fortaleza y el aplomo para enfrentar el encuentro.

Tocó el timbre y apareció María por la puerta de servicio y la hizo pasar a la misma salita donde estuvo hace dos días. Le pareció que el tiempo se detuvo, que nunca dejó ese lugar. Sería descubierta. Loreto estaba de pie cuanto Marcia entró.

— Asiento, ya viene mi esposo.

— Gracias.

— ¿Trajo su currículo?

— Si, aquí está – sacando un sobre de su cartera –

La directora confeccionó un currículo. La historia de su vida. Loreto abrió el sobre, tardó menos de un minuto en leerlo y se lo pasó a Alfredo que entraba en ese momento. Tenía al frente al padre de su hijo. Nunca armó una imagen de cómo sería. Lo observaba... su saludo la trajo de vuelta.

— Buenas tardes, ... Marcia, ¿no?

— Si, Marcia Quiroz.

— Mi esposa me informó de su solicitud de trabajo. Su experiencia se limita al trabajo en un internado. Tenemos un hijo de sólo cuatro meses. ¿Ha tenido contacto con recién nacidos?

— Cuando murieron mis padres me enviaron al orfanato en Angol. Tenía siete u ocho años hasta cumplir dieciséis. Otros huérfanos necesitaban ayuda, especialmente los lactantes. Ahí aprendí.

Estaba más tranquila. Alfredo, aparte de ser un hombre atractivo, inspiraba confianza. Loreto no habló. Espérenos un momento, se levantaron y salieron de la habitación retornando con su hijo en brazos.

Es hermoso... hermoso

Marcia no podía articular palabra. Pegó sus brazos al cuerpo con sus manos tomadas para disimular su temblor. No le podía quitar la vista. Era su hijo. ¡Lo estaba viendo! Con dificultad evito las lágrimas, la emoción y las ganas de llorar. Loreto notó el efecto del niño en Marcia.

— ¿Marcia, estás bien?

— Si, …si, recordé a una criatura que llegó al orfanato. Le tenía mucho cariño, lo quería. Pero no lo vi más, siempre lo recuerdo.

— Este es Ángel, - mirando al niño, Alfredo dijo – ella es Marcia. Va a trabajar con nosotros y tú vas a ser su primera importancia.

Marcia creyó desfallecer. Temblaba. Buscó el asiento. Sin quitarle la vista sentada al borde, abriendo sus ojos a más no poder, con un leve tartamudeo dijo:

— ¿Significa que me aceptan?

— Estarás acá un tiempo y si nos acomodamos seguirás con nosotros – manifestó Loreto -

— Muchas gracias por su confianza.

Marcia se despidió encaminándose a la salida rogando que sus piernas la sostuvieran.

— Marcia, ¿no quiere saber cuál será su sueldo? – preguntó Alfredo

— Ah ...Sí ¿Cuánto?

— Cuatrocientos respondió Alfredo

— ¿…mil pesos?

— Si, puede ser menos -dijo Loreto riéndose –

— No…no, está muy bien gracias – respondió con una sonrisa y las mejillas ruborizadas.

Salió raudamente. Sintió uno pasos cortos pero apurados detrás de ella. Por un momento pensó que la habían descubierto. Era María.

— ¡Oiga, ...Marcia!, usted está bien loca, ni preguntó cuándo empieza.

— Se me olvidó. Es que estoy tan feliz de tener trabajo....

— Mañana niña, ¡mañana! A las nueve acá.

El abrazo de despedida con la directora duró varios minutos, lágrimas y emociones encontradas. Para Marcia era la madre que perdió a los siete años y para la directora la hija que nunca tendría.

Trató de ser puntual. El cálculo del tiempo en locomoción colectiva es un azar. Llegó a las nueve y media pidiendo disculpas. Loreto reparó en la cantidad de cosas personales que traía, una mochila, y un computador. Se instaló en la habitación que le indicaron y preguntó por la señora. Quería saber sus obligaciones. Loreto estaba mudando a Ángel. Se quedó en el marco de la puerta observando a su hijo. Loreto no se percató hasta que el niño fijó su mirada en Marcia.

— Pasa, siempre se ríe después de la muda, naturalmente, ¿no?

— Quisiera que me indique lo que debo hacer.

— Preocupación permanente por Ángel. El resto te lo dirá la María, pero Ángel está primero.

Marcía no cabía en sí misma. Pensaba que lo que estaba viviendo era una fantasía. Algo irreal. Le costaba imaginar que esto podía ocurrir. – Marcia – la voz de María la trajo de vuelta a la realidad.

— Venga a la cocina, ayúdeme por favor

— Dígame.

— Si, lo que quería decirle es que de ayuda necesito poco y ná. Antes que llegara el niño, no tenía problemas, cuando llegó, se me hizo poco el tiempo.

— Pídame que le ayude, con toda confianza.

— Mire señorita Marcia….

— EEPA!!! Yo soy la Marcia. Nada de señorita

— Es que usted es tan jovencita y yo mayor ya.

— No María, o ¿Quiere que la llame señora María?

— ¡No por Dios!, que diría la señora Loretito!

— Ya dígame lo que necesita.

— Que se encargue del niño, nada más.

— Bien, pero me dice si me necesita. ¿Trabaja mucho tiempo acá?

— Antes que se casara con don Alfredo…puf, si no sabe desde cuando los conozco… ante que pololearan.

— Yo crie a la Loretito. Siempre trabajé con sus papás. La Loretito estaba grande cuando me hice cargo de su mamá

— Como así

— La señora enfermó y paso varios meses sin moverse hasta que falleció.

— Pero sabe Marcia, la Loretito cree que tiene la misma enfermedad, ve que la abuela murió de lo mismo.

Para Marcia estar con su hijo lo era todo. Daba sus primeros pasos cuando dijo mamá. Loreto no se encontraba cerca. Marcia lo abrazó y lo soltó de inmediato. Tal vez Loreto escuchó. No podía permitir que pasara de nuevo, es lo que temía. Podía perder a su hijo y el trabajo.

Cuando Marcia salía, Ángel se comportaba diferente. Loreto lo notaba.

Transcurrieron un par de años y tal como María le había dicho tiempo atrás, Loreto enfermó. Se manifestó en Loreto a la misma edad que en su madre, era hereditaria. Los médicos coincidían. Alfredo estaba destruido. Loreto era la mujer de su vida. Se iba a derrumbar. Loreto sabía que iba a morir, quería dejar todo resuelto. Matriculó a Ángel en el Jardín Infantil los Ositos. La enfermedad avanzaba. Pidió quedarse en casa, no en una clínica. Quería estar cerca de Ángel y su marido. El niño se daba cuenta que su mamá ya no era con él como antes.

La muerte de Loreto sumió a Alfredo en una depresión. Ni siquiera Ángel lograba distraerlo. Pasaba días sin acudir a la oficina. Se sentaba en la misma sala donde entrevistaron a Marcia. Junto con ella y Ángel abrían la correspondencia. Casi todas eran cuentas, entre los sobres había uno del Jardín Infantil Los Ositos dirigido a la Sra. Loreto Diaz, le informaba que su hijo Ángel Diaz Quiroz estaba aceptado para ingresar al año siguiente. Alfredo miró a Marcia y clavó la vista en Ángel.

TRES DÍAS

Desde el inicio de la semana esperaba que llegara el jueves, debía partir a Barcelona a conversar sobre la publicación de su primera novela. La reunión era el viernes en la mañana. No conocía a nadie en la editorial. Toda la comunicación se llevó a cabo por correo. Gracias al aviso que se publicaba en la revista "El Lector", Paco, Francisco de las Heras y Alcarrán, oveja negra de la familia, según su padre ya fallecido, podría demostrar que ser escritor no era despreciable. Criticado por sus hermanos que lo mantenían, y por su esposa que le reprochaba su humillación. La familia Heras y Alcarrán nunca acepto a Lucilda, su esposa, una hermosura de mujer, hija de un matrimonio sin linaje con hermanos y hermanas por doquier destruido por infidelidades del padre.

Paco no salía de su hogar, escribía a diario por largas horas. Las interrupciones de Lucilda obligaron varias veces a reescribir párrafos y continuamente frases. La reunión en Barcelona le parecían vacaciones. Libre de la familia y lejos de su mujer. El tren partía a las cuatro quince, Paco llegó a la estación a las tres y media. Revisó las primeras hojas del original varias veces, pendiente de subir al vagón tan pronto lo autorizaran. Sentado junto a una ventana releyó lo que el tiempo de viaje le concedió. La estación de Barcelona, atestada de gente, peor que la de Madrid, dificultaba el caminar, ya en la acera de la calle Mayor sacó de su bolsillo el papel doblado en cuatro que contenía la dirección del Hotel Reina Ana donde le esperaba la habitación reservada. Esquivando transeúntes recorrió las pocas cuadras que separaban al hotel de la estación, disfrutando de la brisa húmeda, con olor a mar propia de la costa mediterránea.

La puerta giratoria del Hotel Reina Ana señalaba el prestigio de épocas pasadas, gruesos pilares de madera separaban los cristales biselados de la entrada con el nombre del hotel a ambos costados. El mesón de recepción, muy alto, escondía a un sonriente conserje de baja estatura, que al escuchar mi nombre me tendió un sobre y la llave de la habitación. La reunión se postergaba para el lunes a las diez de la mañana. El ascensor se detuvo cuando terminaba de leer la nota. La llave se deslizó en la cerradura acostumbrada por años a la misma acción. La pieza olía a madera de calidad, la doble ventana de techo a piso se abría a un angosto balcón con vista a una plaza. La enorme cama aprisionaba contra la pared un respaldo de bordes tallados. El baño con artefactos antiguos, lavamanos de loza con pedestal, la tina con patas, rodeada por cortinas colgantes, la taza, bajo un estanque del que pendía una cadena, en un rincón, toallas.

Me trae a la memoria la casa donde crecí, falta solo el deambular de la servidumbre. Odiaba no tener privacidad, me sentía observado. Ahora estoy solo y nadie me vigila. Tengo tres días para mí. Debo comprar ropa, y cambiar el pasaje para volver el lunes y no mañana. Lucilda va a pensar que lo planee. Que lo piense, ¡tengo tres días de vacaciones!

Calcetines, dos camisas y un pantalón, me basta. Es primera vez que compro ropa. La camisa me calza, el pantalón un poco largo, no se nota. El pequeño de la recepción no está, lo remplaza una chica, no tan chica, más bien… más bien… atractiva.

— No me marcho hasta el lunes – dije al acercarme.

— ¿Su habitación?

— Trescientos dieciocho

— Como guste don Francisco de las Heras y Alcarrán

— Gracias, ¿Dónde puedo acomodarme para leer y tomar una copa de vino?

— En el salón-bar, le acompaño.

En un confortable sillón, repasé trozos de lo escrito disfrutando una copa de vino. Leí varios pasajes, me gustaba, había corregido palabras, frases, pero ahora estaba contento. No más correcciones. Sin darme cuenta corrió el tiempo y casi cierra el comedor si no me avisa la recepcionista.

— ¿Desea cenar, don Francisco? El restorán cierra en media hora.

— ¡Muchas gracias!

Tiempo que no saboreaba un pescado tan bien guisado, en la costa es diferente que, en Madrid, así se lo manifesté a Victoria, que ahora con otro uniforme y una placa que indicaba su nombre atendía de garzona. Personaje de mi novela, ¿rostro imaginado?, ¿me era conocida? Su acertada sugerencia de postre, crema catalana. Deliciosa. Subí a mi habitación saboreando aun la cena. No quedé indiferente a la atención de Victoria. En la pieza la cama estaba abierta, no recuerdo cuanto tardé en dormirme.

El sol entraba por la ventana, señalando el amanecer. Era tarde, pasadas las nueve. De prisa, baño ropa y desayuno. Día luminoso invitando a pasear, ¡estaba de vacaciones! Caminé al centro de la ciudad entre turistas y más turistas. Tomé el tranvía al puerto, cerveza, tapas y almorcé en una posada al borde de la caleta. De vuelta al hotel me acompañó el atardecer con un cielo teñido de rojo por el sol cansado de iluminar la bullente ciudad.

Al acercarme a la recepción noté la llave de mi pieza en el bolsillo y disimuladamente me dirigí al ascensor, provocando una leve sonrisa en el rostro de Victoria. Bajé al salón-bar con mi manuscrito para continuar releyendo. En la mesita, al costado del sillón donde me senté ayer, había una copa de vino. Perdí la concentración varias veces por la copa de vino y preocupado de llegar a una hora razonable a cenar. Las mesas estaban todas ocupadas, en un rincón, en una pequeña, cené. No me atendió Victoria. Corría de un lado a otro. Esta vez opté por una carne con acompañamiento, y crema catalana. Demoré en dejar mi mesa, aparentando leer mi manuscrito. Me avisaron que cerraban y debí retirarme. A la salida Victoria, disimuladamente levantó su mano y sonrió. Antes de dormir, tendido en la cama, tenía la sensación de que Victoria me era conocida. Meditando en su forma de caminar, el girar de su cabeza, al agacharse sin doblar las rodillas, me venció el sueño.

Las mesas estaban puestas, pero no había nadie. Ocho de la mañana, el comedor vacío. Desde lejos me divisó un joven, pero Victoria se anticipó desde un lugar más cercano. Ordené pausadamente mirándola de reojo. Pregunté por varias alternativas de la carta, su mano las señalaba sin apuro. Finalmente, no recuerdo lo que ordené. Antes que retirara los cubiertos le pregunté si me podía indicar como llegar al mercado de antigüedades.

— Abre los sábados, mi turno termina en una hora, lo puedo acompañar.

Me levanté del asiento como un resorte. Mi rostro debe haberle causado gracia, vi que sonreía. La esperé junto a la puerta de servicio del hotel. Me costó reconocerla, con su pelo suelto, sin uniforme, con un vestido más ceñido dejaba ver su atractiva figura. Emprendimos viaje al mercado, caminando por estrechas calles de la ciudad antigua. Nos deteníamos en algún escaparate comentando los objetos. Sin que me preguntara, comencé a hablar de mí. Le conté el motivo de mi visita a Barcelona, mi gusto por escribir y lo importante de la reunión del lunes. Ella se mostró reservada, solo comentó que su niñez y juventud fue lejos de su familia nada personal, habló de sus gustos, ilusiones, muchas de ellas frustradas. Se disculpó por haber equivocado el camino al mercado, atribuyendo su distracción a mis palabras. – Soltando su risa de inmediato -.

Recorrimos el lugar, sin escuchar las ofertas insistentes de los mercaderes, absortos en nuestra conversación. ¿Quizás en otra vida nos hubiésemos conocido? Me condujo a un pequeño lugar donde cabían con dificultad tres mesas, cada una con dos sillas. En catalán ordenó algo para beber y comer. Los ojos de esta mujer penetraban mi interior. No lograba sostenerle la mirada por más de tres segundos. Entre bocados y tragos fuimos intimando. Adentrándonos en regiones secretas. Nunca contrajo matrimonio, nunca dio a luz un hijo, con una infancia y juventud difícil que con un estremecimiento de hombros dijo que era mejor no mencionar. Captó sin sorprenderse mi desazón matrimonial.

Al cabo de algún tiempo, sin proponérmelo nuestras manos se entrelazaban con suaves caricias. Mirando su rostro me pareció ver el de Lucilda. Bruscamente retiré las manos y me recliné en el respaldo de la silla. La fugaz imagen desapareció. Nos retiramos sin conciencia de la hora. Oscurecía y contra el horizonte agonizaba el día y se despertaba la noche. Al llegar a una esquina, nos detuvimos y por instinto unimos nuestros labios, jugueteamos con ellos como si ya se conocieran, entreabiertos y juntos en un diálogo de deseo. Esa noche, en su departamento se desató la pasión inhibida por años de frustración. En el éxtasis de la unión Victoria era la mujer que abrazaba mi cuerpo pidiendo amor. Fueron dos, fueron tres fueron muchas. La mañana me despertó observando su cuerpo dormido en el descanso del amor satisfecho. La besé. Sin abrir los párpados sus labios me atraparon nuevamente, y en un torbellino, balbuceando insinuó: sigamos, hoy es domingo y no trabajo. Ese día tuve la mujer que creí tener en Lucilda y que nunca fue. No salimos de la cama hasta la mañana siguiente, nuestros cuerpos parecían haberse colmado, necesitaban amor.

— Creo conocerte de toda la vida, he estado contigo sin estarlo

— Lo sé, soy la hermana menor de Lucilda

EL MOLINO

Maltué, localidad agrícola, rodeada de pequeñas parcelas. La iglesia congregaba a la mayoría de la comunidad los domingos y en la estación se juntaban personas todas las tardes, esperando correspondencia o encomiendas, cuando el tren se detenía por pocos minutos. La parroquia y la estación eran el centro de la actividad social de Maltué. Apartado de pueblos y ciudades, el cura y el jefe de estación eran las máximas autoridades.

Alicia, sentada en un banco de madera en el andén, sostenía en sus manos una carta, recordando pasajes de su vida, con legítima emoción.

Llego en el tren de la tarde. Lo subrayó. Así dice en su carta. Años sin vernos. ¿Por qué ahora? Me cuenta que quiere verme, que siempre ha querido. Él sabe dónde he vivido toda mi vida. Los recuerdos…. Los recuerdos…. Nos criamos juntos, éramos vecinos. Las parcelas colindaban. Nos escapábamos, por horas escondidos. ¿A qué edad?, ¿a los cuatro, cinco años? La Rosa gritando por todos lados ¡René…Alicia!, ¡René…Alicia! Y cada uno devuelta en nuestras casas como si nunca hubiésemos salido. El escondite que nos gustaba, detrás en el molino, entre los sacos. Afirmados en los muros gruesos de adobe. Podíamos conversar. No se oía lo que hablábamos, el correr del agua en la acequia tapaba las voces. Cuando llegué con los pies mojados no supe que decir. Me quedé callada, si cerca de la casa no había agua. Nunca nos encontraron. En la escuela no hablábamos. En los recreos, los hombres con los hombres y las mujeres con las mujeres. Qué tiempos y después no había quien nos separara. De vuelta a casa yo salía primero, lo esperaba bajo el sauce grande, después llegaba René y en el puente nos juntábamos. A la pasada correteábamos las gallinas de la Tonti. ¡Qué vieja más pesada! Andaba con la varilla en la mano para darnos con ella. Siempre escapamos. Lo mejor fue en el rodeo. Estaban los patrones dueños y sus familias. Abrimos las puertas del corral. Todos los novillos se arrancaron. Menos mal que cuando se dieron cuenta, estábamos sentados en la tribuna. No aguantábamos la risa. Pero ya éramos grandes, teníamos como trece ¿o catorce? De las edades me acuerdo poco, ¿de lo que hicimos? todo. Cuando llegó el Pirata, con su ojo negro y el otro blanco, nos seguía para todas partes. Me andaba lengüeteando las piernas cada vez que me pillaba. Para escondernos en el molino lo amarrábamos antes de salir. La Rosa veía al Pirata amarrado y partía a buscarnos. Pero nunca nos pilló en el molino. Ni de chicos y menos mal que tampoco después. A mi amiga Mary le dije que no se sentara en los bancos de la escuela en el recreo. Nos miraban los calzones. Nunca entendí cuál era la gracia. Después sí. A la Mary no le importaba, tenía hermanos. A mí sí. A esa edad creo que René me los vio una vez, cuando me subí al anca en el caballo de don

José. Cabalgamos toda la tarde. No hubo potrero al que no entramos, perseguimos una vaca, cruzamos el canal. Ahora dicen que está sucio. Varias veces nos bañamos. En la fiesta de fin de año nos fuimos al molino a recordar cuando éramos chicos. Estaba igual, corría la acequia, el alto de sacos ordenados. Pero no cupimos en el hueco donde nos escondíamos. En el acomodo, me lleve un susto de aquellos cuando me besó. Fue el primer beso. No sabía si me gustaba estar con él ¿y nada más? Pero se dio solo. Después del beso. No sabía qué hacer, así que lo dejé. Ni me sacó la blusa. Se me enredaron los calzones con los tacos de un zapato. Se le trabó el cinturón. ¡Que risa! Si teníamos apenas quince. No recuerdo lo que pasó. Pero sí recuerdo la hora y tanto sacudiendo la harina pegada en la ropa. ¿Se acordará Rene? Pasó harto tiempo antes de volver al molino. Una vez el Pirata se soltó. No tardó en llegar al molino. Se asustó más que nosotros con el grito que di. Al volver estaba echado al lado de su casa. Los perros nos conocen mejor que nadie. El molino abandonado era nuestro refugio. René se escondió cuando lo llamaron al servicio militar. Estaba muerto de susto. Pasó oculto más de un mes. Le llevaba comida todos los días. Hacíamos el amor. Aprendió a sacarme la blusa y no enredar los calzones. Se le pasó el temor y se fue. En su casa lo dieron por perdido. No lo vimos nunca más. Iba al molino con frecuencia hasta que encontré un ramo de flores marchitas. No volví. Tenemos la misma edad, ¿se habrá casado? Entonces debe ser abuelo. A los setenta y cinco acordarse de mí. Después de tanto vivir. Seguro querrá saber de las parcelas. Le voy a contar cuando llegue. Está todo igual. Lo que sí, los árboles gigantes. La encina de su casa se desganchó. Del molino quedan cuatro palos apolillados. Por la acequia no corre agua y el canal lo taparon. ¿Se acordará de todo? Ojalá, para reírnos de las maldades de cuando éramos niños y de cuando no tan niños.

— Señora Alicia, vamos a cerrar. La acompaño a la salida.

— Muchas gracias, mi hija me está esperando.

Mientras hablaba Alicia guardó en su bolso la carta enviada hace años por René y luego emprendió el camino de salida.

— Hasta mañana, señora Alicia.

LA CHARLA

El auditorio estaba lleno. La charla difundida a toda la facultad motivaba a jóvenes y profesores. EL DESARROLLO DE LA COMUNICACIÓN Y LA PERDIDA DE LA PRIVACIDAD, a cargo del catedrático Prof. Hans Trevor-Rhein. En el auditorio de la facultad, con forma de anfiteatro, se anticipaba un ambiente efervescente, había expectativas de un caldeado debate. Quien se enfrentaba a los asistentes era un conocido académico que se divertía manifestando ideas, nunca faltas de polémica. Los asistentes a la charla provenían de las diversas facultades del Campus.

Los aplausos de las primeras filas anunciaron la entrada del Profesor Hans Trevor-Rhein silenciando los murmullos de los asistentes. Un seco buenas tardes, seguido de un gélido silencio antecedió al enunciado del tema a tratar: COMUNICACIONES Y EL FIN DE LA PRIVACIDAD según la obra de Mark Granner.

Con un tono de voz que llenó el auditorio hasta sus más recónditos rincones, comenzó destacando una declaración del autor del libro sobre el que se iba a referir y dijo:

— *En una época la biblia estaba prohibida, la podían leer sólo personas autorizadas por la iglesia.*

O sea que según Granner, el mensaje estaba destinado sólo a quienes podían leer y gozaban del beneplácito de las autoridades religiosas.

Naturalmente – continuó – la iglesia no estaba dispuesta a revelar sus imposiciones y que no aparecían señaladas en la biblia. Mark Granner incurre en un error, concluyó categóricamente Trevor-Rhein.

Varios levantaron la mano, pero, no obstante, ignorándolos prosiguió.

— Las máximas autoridades eclesiásticas no querían difusión.

Nuevamente manos en alto. - Esta vez solicitó que se abstuvieran de comentarios hasta el final donde habría espacio para un foro. –

Planteando una serie de principios ambiguos, con extendida fraseología, llega a nuestros días. La asistencia se miraba desconcertada. Los planteamientos expresados no correspondían a la idea central de la charla. Rostros enigmáticos escarbaban dentro de sus conocimientos buscando lógica en sus palabras. Algunos en silencio otros decían palabras al oído de sus vecinos.

— Granner en el tercer capítulo de su libro dice:

"aparecen los periódicos y es el comienzo de la destrucción de la privacidad. Se busca y se escarba en hechos y situaciones para difundirlas", nuevamente errado.

Trevor-Rhein, alzando la voz: - ¡¡Los periódicos nacen motivados por el poder y la ambición!! -.

El auditorio ronroneaba como un gato gigante. –

Continúa y menciona un acápite de la obra de Mark Granner: *"el golpe definitivo a la privacidad se produce con la aparición de la fotografía. Se pierde la privacidad personal y colectiva. Se difunden actitudes y comportamientos de las personas. –*

El auditorio se manifestaba con audibles comentarios. Resulta obvia la intención de crear polémica.

Por una hora la charla continuó. Ante una audiencia inquieta, ávida de polemizar. Mencionó ideas adversas. Muchas veces incoherentes. Los asistentes alzaban sus brazos con insistencia.

Comenzó el foro dirigido por un asistente del profesor, después que Trevor-Rhein hablara sin detenerse por una hora soportado por la paciencia y curiosidad de muchos de los presentes.

Solicitó que las preguntas fueran breves. Una persona, ubicada en la última fila del auditorio, se puso de pie con su brazo en alto. El asistente le hizo llegar el micrófono y le cedió la palabra.

– El profesor Trevor -Rhein no ha leído el libro de Mark Granner.

Silencio sepulcral en el auditorio….

— De un salto se levantó de su asiento Trevor-Rhein, con una mueca de desagrado escupiendo las palabras ¿Cuál es su nombre?

— Mark Granner.

EL PLAN

Con la televisión encendida en cualquier programa al azar, Pepe descansaba luego de su fogoso encuentro. La Fran era un pulpo, te apresaba y te dejaba sin aliento. A sus treinta seis años se ufanaba de ser una hembra de cuidado. Intimidaba a sus compañeros de oficina desafiando su machismo. Pepe le decía que era bocona y lo hacía para amedrentar y elegir a quien ella quisiera. De espalda sobre la cama, desnudo, Pepe se fumaba su segundo cigarrillo mientras la Fran se paseaba por la pieza buscando su ropa interior, lanzada hacia alguna parte durante el arrebato inicial que tanto la excitaba. Pepe observaba el deambular de la Fran, mientras pensaba como iniciar la conversación.

— Fran, ¿me dijiste que tu oficina es la que más recauda?

— Sí. ¿Por qué?

— Queremos asaltarla con el Lito.

— No Pepe, es donde yo trabajo, y eso va a terminar mal. Búsquense otro trabajo, conmigo no.

— Lo tenemos planeado desde hace tiempo, no puede fallar.

— ¿No escuchaste? ¡No! Van a sospechar de mí. Soy yo la que manejo las platas. Cuido mi pega.

— No te van a despedir porque no te podrán culpar.

— ¿Ah no? Hago el plan de retiro del efectivo y sólo yo tengo la clave de la caja.

— Fran…tú sólo me vas a decir cuando retiran.

— ¡¡Estás loco!!

— Sí estoy loco por ti.

La tomó de un brazo arrastrándola hacia la cama. Comenzó a besarla a medida que acariciaba su cuerpo, generando placentera incomodidad. Sus manos continuaron explorando su desnudez sin detenerse, a la vez que le susurraba al oído.

— Con el dinero… hacemos una nueva vida… dejamos pasar un tiempo… te haces despedir… algún motivo menor… no saben de mí… y tampoco que nos conocemos… nos vamos a Río de Janeiro….

— ¡Para no sigas!

La astucia de Pepe la sumergió nuevamente en una vorágine de deseo. Cuidó de llevarla al extremo. Hasta sentir sus uñas en la espalda. Debía doblegarla. Que en su goce final se rindiera. Sin oponerse a su plan. Lo abrazó con languidez, extenuada, mordiéndole suavemente la oreja le dijo:

219

— No hablas en serio.

— Claro que sí. Son varios millones ¿no? Dividimos el dinero con el Lito, y concretamos nuestro sueño.

— No entiendo como podrán hacerlo. Dime.

— El dinero se guarda en una bóveda en el segundo piso. ¿Cierto?

— Sí, pero no podrán entrar y menos al segundo piso.

— Lo haremos por el techo. Entramos a la casa vecina está vacía. Saltamos la pandereta. Cruzamos al patio. En el primer piso hay una ventana con reja. La ventana de tu oficina está encima y también tiene reja. Escalando ambas subimos al techo.

— Pepe, ¡eso es una locura!

— Con el Lito ya lo tenemos estudiado hasta el menor detalle...

. ¿Van a salir con bolsas de dinero a la calle?

— El Carli nos espera en su taxi.

— ¡Están locos!... casas vacías, escalar rejas, saltar panderetas, subir al techo... ¡es fantasía!

— Fran, es posible, vale la pena, Río de Janeiro nos espera.

— No sé...

— Francisca, escúchame, es nuestra gran oportunidad. Necesito la clave de la bóveda y saber cuándo retiran el dinero.

— Retiran los viernes, antes de abrir a público, 1415.

— ¿Qué es 1415?

— ¡La clave tonto!

— Hoy es domingo, tenemos tiempo para prepararnos.

— 1415, digitas y la puerta se abre sin tocarla. ¿Dónde vas?

— Voy donde el Lito, regreso luego para nuestro tercer tiempo.

— Lito, soy yo, el Pepe, es ahora.

— Voy, ya salgo.

— Todo listo. La Fran me dio los datos.

— El Carli está afuera esperando. Apúrate.

— ¡Vamos!

— ¡Pepe!¡Pepe!, ... ¡La bóveda está vacía! ¡Ayúdame a bajar! ¡La alarma está sonando!... ¡Pepe!, ... ¡Sácame de aquí! ¡Pepe!... ¡Pepe!... ¡Pepe!

La Fran aún sin vestirse escuchó los golpes en la puerta. Pepe se atrasó, ella esperaba disfrutar del tercer tiempo a pesar de que el día siguiente era lunes y debía levantarse temprano, ¿tercer tiempo? Sin perder un segundo, Pepe le quitó la bata y de dos pasos estaban en la cama.

— Apaga la tele....

— Te demoraste mucho… ¡dos horas!, te quedaste pegado con el Lito….

— Tú sabes, al Lito le gusta tomarse unas cervezas demás. Apaga la tele…

— No estoy tranquila, presiento que algo puede pasar….

— Apaga la tele…

— Pero mira, un asalto, están los pacos y la PDI, ¡¡Se llevan al Lito!!

— Lo sé.

— ¡¡Lo llevaste a una trampa, a tu mejor amigo!! ¡¡Lo traicionaste!!

— Si Fran, tal como ustedes me traicionaron cogiendo a mis espaldas. Ah, …y la clave de la bóveda la tiene el.

EL SOBRE VIEJO

Mi amigo prefiere ordenar sus sellos de noche. Sumido en el silencio y fascinado pasa horas y horas, hasta las primeras luces de la aurora, revisando sus clasificadores. Con frecuencia lo vence el sueño.

Aquella noche como tantas otras el clasificador estaba abierto... Un sello nuevo recordaba las peripecias vividas por su vecino, uno usado, hasta llegar a hacerle compañía en el clasificador.

En la página opuesta se incorporaba un personaje extraño. El sello nuevo preguntó si alguno lo conocía. Era un sobre grande y se veía muy maltratado. A mí, recuerdo que me pegaron en uno parecido – dijo el sello usado con cierta timidez y le comenta:

– Pareces muy viejo, yo estaba en uno más nuevo, pero me bañaron para despegarme y me pusieron aquí –

— Me encuentro muy cansado, conversemos después -

—¿Eres engreído? – señaló el sello nuevo.

— No soy engreído, tengo mis años y he recorrido mucho, contestó el sobre.

— Tu vida parece entretenida – acotó el sello usado.

— Si les contara seguro no lo creerían; me mandaron a un lugar muy caluroso, yo venía del frío; dentro de una caja de madera con paquetes junto a otros sobres. El viaje fue largo y en barco porque no dejamos de balancearnos. Nos recibió una persona con la piel que parecía quemada, muy rara. Hablaba un idioma que no entendí, me pusieron en otra caja con más sobres y paquetes; pasaron varios días.

—¿No te asustaste? – dijo el sello nuevo

— No, lo que más molestaba era el calor. Después de otro viaje llegué a un lugar en que sí entendí lo que decían. No podía creerlo, ¡me habían mandado a un sitio equivocado!

—¿Qué pasó entonces? - preguntaron al unísono lo otros sellos que escuchaban expectantes.

— Me enviaron a un nuevo viaje, estuve en varios lugares, pero no me dejaron en ninguno; al cabo de un tiempo me pusieron este timbre rojo. -

— Qué pena, - dijo el sello usado.

— No, volví a salir de viaje, ahora en una caja más bonita y para mí solo, nuevamente en barco, por el balanceo. ¡No sé cuánto tiempo pasó y otra vez…… mucho calor! Me recibieron con honores, una sola persona, creo era importante, dio las gracias muchas veces y su piel no estaba quemada. Entré en una maleta con olor a cuero. Después de un rato llegamos a un sitio donde me entregaron a un señor gordo con uniforme, exclamó: ¡por fin!

— ¿Y qué te pasó? - Preguntaron varios sellos.

— De un tajo sacaron lo que traía y me botaron al papelero -.

— ¡Después de todo lo que habías pasado! – exclamó el sello usado.

— Así fue, me rescataron de la basura y terminé en manos de un niño que le gustaban las estampillas, así es que resignado, esperé que la desprendieran, ojalá bañándome y no con tijeras.

— Pero no sacaron la estampilla, todavía la tienes pegada – exclamaron varios sellos.

— Sí, tuve suerte porque yo venía de muy lejos, así decía el timbre que me pusieron cuando salí de viaje. Pasé muchos meses en el cajón de un escritorio hasta que me sacaron y cambiaron por un montón de sellos, el niño quedó feliz y parece que el señor también, muchas estampillas solo por mí, era raro. Llegué a una tienda y me vendieron. El comprador dijo que le interesaba el país y el pueblo de donde yo venía.

— No te creo, - le dijo el sello nuevo.

— No sé, pero escuché que de donde yo vengo ya no hay correo.

— Pero entonces lo importante es la estampilla — dijo el sello usado

— Parece que no, porque lo que más le gustó cuando me vio es el timbre rojo que pusieron cuando me devolvieron y el de mi primer viaje.

— Cuéntanos como llegaste aquí – dijeron varios sellos, usados y nuevos, todos al unísono

— Uff...Pasé muchos años en distintas tiendas y lo que más me gustaba es que cada vez que me compraban mi valor subía... Parece que no saben mucho porque hay sobres más bonitos y no tan viejos ni ajados ya tengo muchas arrugas.

Uno de los sellos que absorto escuchaba el relato comentó que debía tener muchos años.

– Tengo más de cien – dijo el sobre.

El silencio invadió el clasificador... Quienes habían escuchado la historia tenían uno pocos años.

— Por eso te cuidan tanto y estás en una hoja especial, debes ser muy importante - dijeron varios sellos

Las primeras luces del amanecer tocaron la ventana y mi amigo cerró el clasificador. Se acomodó en el sillón y se entregó al sueño con su sobre recién adquirido.

VANDOG

Era martes, mi mujer no volvería hasta el viernes. Había viajado a Santiago, su mamá estaba delicada de salud. Hacía frío, lo sentía dentro de la casa, no sé si porque ella no estaba o porque la temperatura descendió al atardecer. Pondría más leña en la chimenea, un tronco grande para que durara, ojalá toda la noche. – Vamos por leña – le dije a Vandog, no me respondió. Siempre me miraba sin decir nada, conversaba con él, mejor dicho, yo le hablaba, levantaba sus orejas atento, nos comunicábamos sin palabras, sabía que me entendía, pero en silencio. Dije "leña", se levantó de inmediato y fue hacia la puerta y me observó, como diciendo: - ¡vamos! - una vez que abrí corrió hacia la leñera. Me esperó sin parar de mover su cola. (En el living varias veces derribó cosas que estaban en la mesa de centro, bajaba la cabeza avergonzado, pero nunca lo reprendí). Acomodé el tronco lo mejor que pude para que no rodara fuera del fuego y fuimos a preparar algo para comer. A la palabra – comida – se plantaba delante de su plato esperando sus pellets. Mientras comía no me perdía de vista, apurándose para acompañarme.

Nunca me dejaba solo.

Ya no hacía frío, el leño se había encendido rodeado por las llamas que lo consumirían. Vandog a mis pies, abría los ojos cada cierto rato, me controlaba. Ambos dormitábamos al calor de la chimenea. Un gruñido me despertó, pensé que mi compañero soñaba. No, permanecía atento, la cabeza alzada, mirando hacia afuera. Estaba oscuro, ya era de noche. Me incorporé, me miró y volvió a gruñir. - ¿Qué pasa? – fue a la puerta y la arañó con una pata. Fui al dormitorio a buscar mi pistola, no me siguió, se quedó arañando la puerta. Salió como un celaje y se detuvo en el centro del patio ladrando hacia la leñera. Llevaba la pistola apuntando al suelo. La tomé con ambas manos y la dirigí a los matorrales y la leña ordenada en pila. No dejaba de ladrar, cuando decidí abrir fuego contra los arbustos, veía sus siluetas recortadas contra el cielo. Disparé varias veces, cuatro cinco, quizás seis en diferentes direcciones. Vandog dejó de ladrar. Giró su cabeza hacia mí con el lomo aún engrifado – entremos – dije y me encaminé a la casa. Esta vez no se adelantó, esperó que yo entrara para seguirme.

El tronco en la chimenea no ofrecía peligro. Estaba acuñado, se consumiría lentamente. En el dormitorio, me esperaba, como todas las noches, mi sillón de lectura. Ahora Vandog sí iba adelante directo al dormitorio a echarse junto a su espacio acostumbrado. Había comenzado a leer cuando me acordé de una de las palabras mágicas y exclamé – ¡galletas! – de un brinco, se sentó mirando la caja metálica que contenía las obleas que compartíamos antes de dormir.

Desperté con los pies helados, un trozo de oblea en la mano y el libro en el suelo. Vandog seguía echado a mi lado, no levantó su cabeza, sólo me miró de reojo.

Mi mujer llegó temprano. Una vecina siempre se venía con ella los viernes. Le contó que estaba asustada porque a su marido se le disparó su arma y lo tuvieron que llevar al hospital en San Antonio. Vandog levantó la cabeza, me miró y siguió echado a mi lado.

NO VOLVERÁS

Como olvidar a mi abuelo montado en su caballo rumbo a la trilla. El locomóvil a todo dar con su correa fustigando la "traga trigos". Gavilla tras gavilla escupiendo paja, llenando sacos de grano. Los bueyes tirando hacia la parva. Imágenes imborrables, así como el Yacuba, potro percherón semental belga haciendo temblar el suelo al guardarlo en su pesebrera. El Loncomilla, río traicionero destructor de puentes, sus pilares destrozados por el torrente implacable. Recuerdo mi pasado infante con no más de cinco años. De vuelta a Santiago, camino de dos vías, autos viejos y carretelas. Una que otra yunta de bueyes, animales impasibles de resignación eterna. De lento andar. Vi todo eso, las imágenes todavía están. Llegando a Santiago me despiertan para acostarme. Es tarde. Mis primeros días de colegio. El enorme edificio tragando niños cada mañana para entrar a clases. Presente en mi memoria, nunca me asustó. Los recreos con mameluco, unos grises otro café claro. Más adelante las clases de francés, el profesor, su especial acento y con sandalias. Recordar, quiero recordar antes que me dejes. No sé por qué sigo en el pasado si nos queda algo de tiempo. Las clases de dibujo donde aprendí lo que me importa. Taller amplio lleno de luz, la única sala del colegio en que me sentía feliz. A esa edad no salía a recreo me quedaba dibujando. Todavía conservo algunos pinceles que me regaló la profesora de arte. Antes de graduarme, en la última clase se despidió con un abrazo, la imagen quedó plasmada en el ventanal de la sala. Nervioso el primer día de taller en la escuela. Imaginaba maestros en el arte y yo un insignificante aprendiz. Ansiaba llegar a ver como pintaban otros. En esos tiempos éramos uno solo, jamás pasó por mi mente que me ibas a abandonar. Eras mi instructora. Señalabas y corregías. Los matices de verdes y azules pintando en Venecia. Años observando maestros. ¿Llegaría a ser yo alguno? Volver a Italia, a la Toscana, pintar las vides obedeciendo a las estaciones del año. Verdes, ocres, los conocía y diferenciaba. Aplicarlos era un gusto. De vuelta a Venecia. Las góndolas como cisnes negros en canales de color petróleo.

Pinté casas sujetándose entre sí. Deben estar ahí. Se ríen del paso del tiempo. Qué bueno haberlas visto. Diferentes de las francesas. Gracias a Dios que no se puede pintar la voz, no me gusta el francés. Por eso pinté el vino francés, ese si me gusta. En los bistrós las mesas cerca de las ventanas con sus copas. Los tonos burdeos del vino en su interior. Lo vimos juntos. Compartimos horas en el estudio para pintar el reflejo de su sabor. Tengo presente el ventanal que usé como espejo para mi autorretrato en la plaza de Montmartre. Los transeúntes me interrumpían la imagen con intermitencia. Gocé esas horas mirando como pintaba. Lo que me has mostrado. Lo que llevé al lienzo. Años juntos estudiando. Viajamos por el mundo y me vas a dejar. Miramos la angustia desolada de los habitantes de Nueva York. Como me acompañaste a pintar esos grises verticales, cada uno intentando llegar más alto. Plazas salpicadas de personas apuradas hacia ninguna parte. Las vimos, sí las vimos juntos. Cómo los colores pertenecen a cada barrio y no se prestan unos a otros celosos de su identidad. Ese gran parque acosado por monstruos de cemento. Luchando por sobrevivir en la hostilidad de la indiferencia. Tanta gente mirando sin ver y me vas a dejar. Nos fuimos de esa ciudad que aplasta. Habiendo visto lo importante. De vuelta cruzando la cordillera a miles de metro de altura me haces falta cada día más. Entre nubes y glaciares veo la obra de la naturaleza que jamás artista alguno podrá igualar. Llegando a casa en la soledad del que fuera mi estudio agradezco que te tuve, que permitiste que hiciera una dicha de mi vida. Te fuiste yendo de a poco, no volverás, mis ojos ya no pueden ver.

CÓMO OLVIDARME...

Hoy hace diez años que nos casamos, tú seguramente ni siquiera recordarás ni el día ni la fecha ni nada. Yo sí. Ahí le mando esas flores, y en cada una un montón de besos y el mismo cariño de toda la vida.

Hoy en la mañana me acordé de aquello cuando desperté y dije:

¡Zócalo! Ya es rete tarde para irme a la escuela.

(20 de agosto de 1929)
Te adora tu Frida"

Dilo mil veces, nunca será verdad. No hay olvido. Cada segundo, cada minuto, cada hora, fundidos en uno solo. Si me distraigo, los pinceles no me perdonan, estás, siempre estás. Tortura y pasión. Mi mano dibuja líneas y trazos, pero el color eres tú.

En cada muro que pinto, no puedes aparecer en todos, pero lo haces. ¿Podré olvidar una fecha? No, ni menos la fecha del inicio de mi locura. ¿Antes pintaba?, sólo cubría figuras con pintura muerta. Te conocí y apareció el color. Los pinceles sólo manchaban, ahora te plasman sobre paredes y muros.

El contorno de tu figura emerge bajo el trabajo del pincel. La imagen que muestro cobra vida, a veces iracundo otras con deseo. Tu cuerpo lo ubico entre figuras. Quiero dejarte atrapada. No lo logro, aparecen otras delante de ti, las borro, vuelven porfiadas a su lugar.

El primer plano te pertenece. Los tonos que uso sobre tu rostro nacen solos, el pincel los lleva y mi mente los ubica. Delineando las tupidas cejas sobre esos ojos que no dejan de juzgarme.

¿Podrás dejar de hacerlo? No lo creo, te hago sufrir y continuaré.

Me tiembla la mano en la proximidad de tu boca. Habla, me ama y recrimina. La adoro, rosa suave, no, siempre rojo intenso. Labios lujuriosos y fríos. ¿Cómo debo pintarlos? Depende de mi memoria. ¿Pinceladas cortas cargadas de óleo? o ¿esparcir con suavidad el color, que muestre el placer de momentos inolvidables?

Y, ese cuello esbelto que atrapó de por vida miradas y besos. Recordar me amarga, celos y decepción. Recobrar el pulso, quiero mostrar su elegancia y dignidad. Tonalidades pastel, sombra suave del mentón. ¡Cómo lo besaría ahora mismo!

Sigo hacia los hombros, descubiertos, también en tonos claros. ¡No! Sin mostrarlos. Los cubriré con ese chal colorinche que tanto me gusta, haré feliz a mi paleta desplegando colores que hacen danzar brochas y pinceles sobre blancas superficies.

Imposible detenerme a razonar, pinto sin parar parado sobre el taburete desvencijado, compañero de tantos años. ¿Cuántas veces rogaste que lo botara?, me proteges, me concentro, puedo caer. Tambaleo al distanciarme, debo verte de lejos.

Obra hermosa, si, tú. Entre personajes que no conoces y yo tampoco. Me llamas desde ellos, al acercarme para escuchar, veo tus labios muy juntos, los separo con una pincelada, creando sensualidad que nada dice, solo deseo. De pie en el grupo sobresales ¿es idea mía? ..... quizás, pero que te observen, ¡eres lo mejor de mis obras!

Triste que pienses que por mis engaños te olvido. Miro tus ojos que recién pinté. Me arrepiento por tantas ofensas, aplico el gris oscuro del pavimento, pido perdón que no puedes oír. Culpa y penitencia, enfrentando muros sordos reciben la pintura manipulada por ideas que invaden la mente.

Llego a tu cintura, pintarla es estrecharla con las manos como tantas veces. El óleo escurre hacia esas caderas mágicas. Trato de seguir su movimiento embriagante, el pincel está seco, necesita más pintura. ¿Debo llegar donde quiero? ¿Pintar lo que busco?

¿Luchar por recuperarlo?

¡No trabajo más! Te encontraré....

Siempre a tus pies,

Diego

EL COCHE

Nunca pensó en abortar. Tendría a su hijo contra viento y marea. No importaba los sacrificios que vinieran. Era joven, treinta años, una vida por delante. Forjarían juntos una sociedad de iguales. Su grupo la apoyó. Que no temiera, estaban con ella. Los dirigía hace meses. Juntos enfrentaban a un enemigo implacable con triunfos sobre la injusticia. Desde el anonimato eran poderosos, sumían en el miedo a bellacos de infamia. María Elena, Male, gozaba de la confianza de sus soldados que dirigía. Cinco incondicionales, jóvenes luchando por un ideal. Inteligente, poseía la frialdad suficiente para superar los daños colaterales de cada misión. No había culpa ni remordimiento. Se reunían semanalmente en la casona deshabitada que ellos mismos incendiaron. Símbolo del abuso sobre quienes laboraron creando riqueza que jamás compartirían. Rodeada por el centenario parque de encinos, robles y palmas, ahora era el refugio y centro de operación del "sexto poder". Aplicaban justicia donde la ley no era capaz de llegar.

Era puntual, no toleraba los atrasos. Su difícil juventud le enseñó disciplina y como aplicarla. En los errores era implacable.

Pasados diez minutos, ya no habría reunión. Dejaron la casona con cautela. Al salir del parque estaba Male, inconsciente sobre un charco. Sangraba de la cabeza, de costado, semidesnuda y la blusa hecha jirones. Solo gotas de lluvia quebraban el silencio desgarrador. Sobre dos ramas largas y unas cortas, Male, llegó al consultorio transportada a paso rápido por sus incondicionales. Tres de ellos volvieron al parque de la casona. No encontraron señales que pudieran servir, ramas desganchadas por el viento, hojas, barro y pozas de la reciente lluvia. Male debía despertar.

Prohibió que investigaran. No se supo quién la agredió y punto. No estuvieron de acuerdo. El que la atacó no quedaría impune. Se dividieron la zona sin que Male supiera y procedieron. Bares, fuentes de soda, casas de apuesta, comerciantes ilegales, dieron vuelta la comuna sin resultado.

Postularon al grupo "sesto poder" jóvenes de reconocido ideal social, no todos quedaron. De los nueve Male seleccionó a los cinco incondicionales, eliminando los otros. No dio razones ni explicaba objetivos del grupo. Uno de los rechazados comentó a diestra y siniestra la formación de una mafia dirigida por una mujer. No cumplía con el perfil, la Male lo notó de inmediato. Él era el rebelde de una familia acomodada. Sospecharon que era el responsable del ataque.

Robaron la marihuana de un conocido empingorotado, la quema de la droga, la celebraron en la casona. Junto a un nuevo miembro, Jonás de tres meses. Las intervenciones del grupo continuaron.

Uno de los incondicionales dio el soplo de unas armas ilegales, cayeron los financistas.

Male, por origen familiar, accedía a círculos altos y la expulsión de su casa cuando tenía 22 años le abrió las puertas de la rebeldía social, vivía sola. Planificaba los golpes con exactitud. Diestra con armas cortas participaba en acciones con valentía.

Últimamente se le veía paseando a su hijo en un coche tomando nota, investigando, donde el "sexto poder" debía hacerse presente.

Empujaba un elegante coche azul marino con un toldo plegable del cual caía un tul inmaculado. La figura de Male, alta, maciza, imponía distinción y respeto. Desaparecía la implacable gestora de actos armados colmados de peligro justiciero.

Apropiarse de los explosivos era urgente. De manufactura casera pero igual de efectivos. El furgón blanco apareció doblando la esquina para detenerse y no atropellar un cuerpo tendido en la mitad de la calle. Dispararon a través de las puertas que se abrieron dejando caer los cuerpos heridos. Con un salto felino, el cuerpo tendido en el suelo montó en el furgón y desapareció en un santiamén. Sobre el pavimento, un farol proyectaba la sombra de Male y sus incondicionales con sus armas humeantes. Otra misión cumplida.

Lejos, el furgón quemado y los explosivos en la casona. La adrenalina aún se olía. Un abrazo a cada uno fue suficiente reconocimiento. Debía retirarse para rescatar a Jonás de manos de su abuela, contraria a la familia y adoración por María Elena.

Se agachó a sacar de la góndola las galletas baratas que Jonás chupaba entre sonrisas y gorjeos. Un papel había caído sobre el tul que cubría el coche

El padre de tu hijo es el dueño de la compraventa de autos de la esquina se llama Hernán - sin inmutarse, pagó en caja y se dirigió a casa.

El paseo diario de costumbre con Jonás en el coche. Los personajes habituales, los buenos días de los vendedores ambulantes, el empleado municipal y los autos con choferes acalorados e inútiles bocinazos. Entró a la compraventa dirigiéndose a la oficina antes que salieran a atender. Preguntó por don Hernán y dejó una nota sobre el coche de Jonás.

— Está con un cliente – contestó la secretaria, levantando el teléfono.

— Veré un auto en el patio –

— Como no....

— ¿Dónde está? Dijo Hernán al salir de su oficina

— En el patio, dejó el coche y salió a ver

Hernán vio el coche y tomó la nota, decía: *este es tu hijo*

Levantó el tul.

La explosión remeció el barrio, de la compraventa quedó solo un forado. Inmutable como de costumbre se dirigió a casa de su abuela a buscar a Jonás.

LA BALDOSA

Pintar es parte de mí, desde chico, no recuerdo, cuando tracé las primeras figuras, si eran árboles, casas o personas, pero siguen siendo mis temas. En paisajes uso verdes opacos protegidos por cordilleras grises dominantes, no pinto días asoleados ni praderas primaverales, el otoño es mi fuerte; se prepara para la estación severa, no hay personas ni animales, sólo la naturaleza en colores tristes. Los temas urbanos son desiertos no se ve a nadie, no hay figuras, casas antiguas de colores raídos por el tiempo cobijan adultos con destinos truncados, imagino que las piezas interiores apenas tienen luz, ventanas pequeñas con cortinas nunca blancas ocultando secretos y fracasos. Las fachadas descuidadas, pinceladas gruesas, tonos gastados en muros que esconden historias que nadie quiere escuchar. He pintado pocas figuras humanas, un rostro con la mirada fija en el observador, escudriña lo que se piensa de él. Es solo su cara, aparece de la penumbra, es intrigante. La figura de una niña atando su zapatilla de ballet a contraluz de un tímido sol. La espalda curvada muestra la fragilidad de su edad; escena de inocencia, antesala al rigor de la disciplina del baile. Blancos, celestes y amarillos pálidos configuran la imagen que evoca ternura. No así la mujer sentada en una sala de espera, la mirada expresa necesidad de consuelo, no pide ayuda su imagen la devela. De edad indefinida, su vestimenta revela años de uso diario, las sandalias aprietan sus pies hinchados.

Me invitaron a ser parte de su grupo. Llevar el arte a las calles. Insistieron y acepté, pintar es mi libertad. ¿Los estudios?, mi obligación. Muros en que nacen obras de noche para ser iluminadas por amaneceres a la vista de centenares de individuos absortos en su quehacer. Hombres, mujeres, estudiantes desfilan ante la creación nocturna que encierra aflicción, terror y esperanza en un lejano horizonte.

Pintaré calles, muros, veredas. Daré vida al camino que diariamente se recorre mirando al piso. La pintura tiene mucho que mostrar en tiempos que nada se puede decir.

Los temas se asignaron, limpiar, dibujar y pintar. En el muro seleccionado, frente a la casa de doña Emilia, quedará la imagen plasmada.

El muro es de ladrillo, debe tener color, fondo azul bajando a violeta, termina en negro. La figura de la mujer sobre fondo naranja y trazos burdeos, falda de tela gruesa, oscura con pliegues grises, chaleco corto mal tejido. Está de rodillas sobre la tierra rojiza humedecida por sus lágrimas, cabeza gacha, la cara cubierta por el cabello desgreñado. Las manos sobre una baldosa sin señas sobre la que murió su hijo acribillado.

DESPERTAR EN LOLOL

Vendieron la cabaña en Llolleo, mi viejo la entregó el sábado pasado. A mi mamá no le preguntó, estaba llorando cuando entre a su pieza. Entre lágrimas, sentada en su cama, me dijo que la perdió jugando. Por años era nuestro refugio de verano. Terminaba las clases, mi viejo se quedaba taxiando y nos íbamos con mi mamá.

¿Ahora?, verano en Santiago. En el block no tengo amigos. Son pendejos, cabros chicos. Se entretienen mirando el poto a las viejas que suben por la escala. Me gusta la Myriam, pero ni me infla. Le tengo ganas ¿pero si no me habla? Es mayor que yo, parece que tiene diecisiete o dieciocho. Las minas no pescan a los menores que ellas. Las viejas, sí. En el segundo, la del doscientos dos es seca para los cabros. Se pesca a uno del edificio del frente. La Myriam es rica, a veces sueño con ella, mi mamá me reta porque mancho la cama, y que sé yo si estoy durmiendo. Ahora a morir pollo nomás, si no resulta lo de la tía Julia, todo el verano acá, cagado de calor. Mi mamá le escribió hace días, ojalá que conteste que sí. No conozco Lolol, parece que es un pueblo chico en el campo, me gustaría ir.

Me parece increíble, el encuentro con mi tía y con la Mary. Casi no la reconozco, me pareció ver a la Myriam. Sus grandes ojos me perturbaron, mucho más aún cuando ella me besó. Ya tengo quince años y no es para achuncharme. A la hora de comida la tía comentó sobre el trabajo de la Mary mientras yo cruzaba miradas con mi prima sentado frente a ella. En un descuido estiré mis piernas, recogiéndolas de inmediato a rozar las suyas. Sus labios insinuaron una sonrisa. No escuche cuando me preguntaron si quería servirme más y vi el plato lleno de nuevo. Me comí todo a duras penas, no me dejaron ayudar a levantar la mesa ni menos en la cocina. ¿Estaba cansado? No, el bus, la micro, el colectivo, mi pieza, Lolol, la comida y la Mary. Mucho para un día. Pienso en esto mirando el techo blanco de tablas recostado en mi cama. La Mary, tremenda mujer. Si cuando éramos niños parecía un pájaro flaco sin gusto a nada. Verla ahora. No sabría cómo empezar.

Las sábanas frías me quitan el sueño. Por la ventana las sombras de un árbol se dibujan en la cortina ¿una luz del corredor?, no, parece que es la luna. La oscuridad de la pieza oculta su figura. Se desliza entre las sábanas y cubre mi boca. Trato de hablar y escucho un shhh...shhh. Sus labios en mi cuello. No atino. La abrazó sintiendo su torso. Temo lo que sucederá. Qué vergüenza. Beso sus pechos, pienso en la Myriam. Su cintura sobre la mía acomoda sus caderas. Acaricio su espalda. ¿Es esto verdad? ¿Es así en la realidad?

LA CAJA DE MADERA

En la sierra baja de los Apeninos en la región de Liguria se localizaba Nevino, un pueblo pequeño, antiguo con calles estrechas de trazado medieval cercenado por un río de poco caudal. Perdía población año a año, quedando sólo manzanares ubicados en las laderas bajas de las colinas circundantes. Giacomo, oriundo de Nevino, tal como sus tres generaciones anteriores, tenía manzanares heredados de sus antepasados. Personaje corpulento, entrado en kilos, lucía un gran bigote en su rostro curtido por el sol. Su carácter hosco de comportamiento primitivo le apartaba de posibles amistades.

Con más de sesenta años le preocupaba su descendencia. Solterón empedernido no hubo mujer que se le resistiera. Se hablaba de que las casaderas, que eran pocas, pasaban de los treinta y buscaban más seguridad que amor. Giacomo eligió por esposa a una de menor edad.

Benedetta, hermosa y pícara. Hija del escribano del pueblo. Huérfana de madre y sin hermanos. A sus diecisiete años había perdido su virginidad con Pietro el hijo del vecino.

A la boda de Giacomo y Benedetta, asistieron las familias más connotadas de los campos y pocas del pueblo; cosa que contribuyó a confirmar con su imagen de avaro.

A sugerencia de Pietro, Benedetta llevó un alfiler a su lecho de bodas. Debía pincharse un dedo y así su virginidad sería convincente.

Giacomo estaba feliz. Debía cuidarse para poder engendrar pronto un descendiente. No era tan joven y Benedetta era muy activa y demandante.

Pietro, visitaba la casa y los manzanares de don Giacomo distante unos kilómetros del pueblo por un serpenteante camino. Llevaba consigo los documentos firmados por su vecino, el escribano, que certificaba la producción y la venta de las cajas de manzanas. Benedetta nunca perdió la ocasión de hacer el amor a escondidas, cuando Giacomo estaba en el campo o en el pueblo. Pietro le daba todo lo que escaseaba en el lecho y su marido lo que sus caprichos pedían.

De los quehaceres de la casa se encargaba Giulia, servía a don Giacomo ya nadie recuerda cuantos años, cocinaba maravillosamente y tenía un encanto sin igual. Varias veces estuvo a punto de descubrirlos, lo que les hacía pensar de su complicidad.

Las frecuentes visitas de Pietro a la propiedad de Giacomo despertaron habladurías en el pueblo. Después de una diligencia, decidió tomarse un vaso de vino con un trozo de queso y jamón en la posada de doña Flavia, la única en Nevino.

Saboreando el magro antipasto, Giacomo escuchó a unos viejos, de su misma edad, en una mesa contigua comentar que Benedetta era muy joven para él, que seguro tenía amante. Tiró una moneda sobre la mesa como pago del consumo y lleno de furia subió al carro azotando al caballo como no era su costumbre. Salió ofuscado hacia su casa pensando en Benedetta...Benedetta.

Al llegar, con voz iracunda, llamó de inmediato a su esposa y a Giulia. Le hizo cien preguntas que desconcertaron a las dos mujeres. Más aún cuando notaron al caballo muy transpirado. Benedetta intentó preguntar si algo había ocurrido en el pueblo. Por respuesta sólo pidió un vaso con agua.

Giacomo consciente de su edad se obsesionó. Comenzó a imaginar infidelidades que hurgaban su mente. Cada vez que debía hacer una entrega en el pueblo le solicitaba a Giulia que no perdiera de vista a su esposa.

Pietro habitualmente llevaba al manzanar las órdenes de los pedidos que solicitaban a Giacomo, le ayudaba a cargar el carro, pero rechazaba que lo llevara devuelta al pueblo. El carro cargado tardaba siguiendo las innumerables curvas del camino, era más rápido ir corriendo cerro abajo acortando camino. Giacomo nunca sospechó de Pietro, lo encontraba abajo cuando él arribaba a pueblo con el carro lleno de cajas.

En una oportunidad, Giacomo recogiendo manzanas con sus ayudantes se percató que Benedetta estaba en casa y Pietro cargando cajas. Dejó la bolsa que sujetaba y corrió entre los manzanos, el suelo disparejo y su edad le impedía desplazarse rápido, su respiración agitada anunció su cercanía, Giulia lo vio venir, con un ahogado suspiro entró en pánico balbuceando palabras que advirtieron la pronta presencia de Giacomo. Benedetta ingresó al baño y Pietro saltó desnudo dentro de una de las cajas y se cubrió con manzanas. Giacomo al darse cuenta de que Pietro no estaba, se encaramó al coche y partió veloz camino abajo. Quería cerciorarse si Pietro estaba en el pueblo. Curva tras curva azuzaba al descontrolado caballo. Al entrar a la calle principal, el asustado jamelgo resbaló volcando el carro, con un estruendo espantoso en la apacible tarde de Nevino. A los pocos segundos los vecinos asomados para ver lo que ocurría, observaron una caja grande de madera deslizándose por la pendiente adoquinada disparando manzanas en todas direcciones hasta destrozarse en mil pedazos contra un grueso madero. Ante el estupor de los curiosos, de entre los trozos de madera y restos de manzanas se levantó Pietro desnudo, y despavorido corría calle abajo sin darse cuenta de que Giacomo yacía sin vida aplastado por el caballo y su amante era dueña del mejor manzanar de Nevino.

EL MUCHACHO DE LA GUITARRA

Estaba por retirarme a almorzar cuando percibí unos pasos en los peldaños de la escala, siempre atentos a delatar, el tiempo les enseñó como avisar cuando alguien subía. Construcción antigua, de madera también antigua, originalmente la primera escuela del pueblo, después una modesta pensión que ofrecía baños calientes de mar, ahora, biblioteca municipal y el patio convertido en sala de teatro.

El último peldaño, que crujía más fuerte, trajo consigo la figura de un muchacho vestido de negro. Colgaba de uno de sus hombros lo que parecía contener un instrumento musical. De cara alargada, mirada tranquila fija en mis ojos, labios delgados, tez morena, varios aros en una oreja y uno muy delgado en la nariz. Cabello negro tomado en trenza que le rodeaba el cuello y caía hacia delante.

— ¿Señor Carvallo? - Con su inmediata pregunta interrumpió mi análisis de la imagen que estaba frente a mí.

— Si, diga. – Respondí de forma cortante.

— Me dijeron que le consultara a usted.

— Dígame. – Contesté esta vez con un tono de voz más suave.

— Toco guitarra. Escuché que acá se hacían funciones musicales., teatro, danza y diversas presentaciones culturales. –

— Me gustaría conocer las condiciones que requieren para tocar. – Respondí no de muy buena gana. Estaba claro, mi almuerzo ya estaba frío. Notó mi incomodidad y prisa por terminar la conversación. Yo no estaba de ánimo. Me parecía que este muchacho no tenía el perfil del músico que interpreta obras para nuestro público. Mucho aro, ropa curiosa, pelo largo, una trenza, al entrar vi que calzaba bototos tipo militar, y yo con hambre. Le expliqué rápidamente las condiciones e hice hincapié la necesidad de hacer una prueba de sonido y escuchar el tipo de obra que quería ejecutar. Bajamos juntos, yo a punto de empujarlo; quizás mi almuerzo todavía no se hubiera enfriado.

Susana, generosamente, me esperaba con mi almuerzo. Se sonrió cuando le dije que me había atrasado, pasaba a diario. Mientras disfrutaba de una carbonada, aliñada como me gusta y con bastante carne, estaba la imagen de la imperturbable mirada del muchacho de la guitarra y su vestimenta negra. Fui grosero en mi dialogo, no debí. Ni siquiera le pregunté su nombre. Tengo sesenta años, pero cuando era joven, también me vestía de manera que no le gustaba a mi padre. Mi mamá toleraba.

— Se le va a enfriar la carbonada – La voz de Susana me trajo de vuelta.

Sumido en mis reflexiones tenía curiosidad por escuchar al joven de la guitarra. Tal vez interpretaba folclor, o música andina. Esta sí me gusta. La sala es grande para una sola guitarra. Se va a escuchar mal. Hay que poner amplificación. Lo cité a las cuatro. No, no le dije a qué hora. O, sí. No me acordaba. La embarré. Por estar molesto, ahora tenía que llegar a las tres.

— Susana, ¡me voy!

— Pero si no son ni las tres todavía…y no se sirvió postre….

Impertérrito, de pie al lado de la puerta. Inconfundible tenida negra, con la guitarra colgando de un hombro y la trenza.

— No me dijo a qué hora por eso llegué antes que abrieran.

— Está bien, disculpe, he tenido muchas preocupaciones. - Me sentí como un idiota.

— Vi que atendían desde las tres, llegué hace poco rato.

— Pase. Vaya al escenario y acomódese. Hay sillas a un costado. Elija la que le sirva.

Subí a la pieza donde trabajaba. Me senté. Traté de recuperarme y recobrar el aplomo que mi cargo exigía como Director de Cultura. Pasos en la escala. No era el muchacho de la guitarra. Era Luis.

— Luis, saca un micrófono, llévalo al escenario y lo conectas. Haremos una prueba de sonido.

Me tomé unos minutos antes de bajar a la sala. No quería que el muchacho de la guitarra notara mi curiosidad por su interpretación. No fue fácil, me sentí nuevamente idiota.

Sentado con la guitarra apoyada en una de sus rodillas, esperaba alguna señal para comenzar. Había ubicado el micrófono a la altura del instrumento. No podía quitarle la vista a los aros; la trenza no rodeaba su cuello; los bototos militares y el resto de la figura de negro era una imagen salida de un poster psicodélico.

No recuerdo el nombre del muchacho de la guitarra, pero su interpretación del Concierto de Aranjuez no la olvidaré jamás.

EL CHINO

— Soy chino de China, ahí decil

— Su pasaporte lo dice

— ¿Entonces?

— ¿Cuál es su motivo de visita a Estados Unidos?

— Venil por helmana, ella vivil acá.

— ¿Cuánto tiempo permanecerá en Estados Unidos?

— ¿Qné es pelmanecelá?

— ¿Cuánto tiempo estará acá en Estado Unidos?

— Tles días, vengo pol mi helmana.

— Solo tres días?

— Si yo venil pol ella.

— ¿Dirección en Estados unidos?

— No tenel. Amigo espelal y lleval balio chino.

— ¿Nombre de su amigo?

— Chan

— Bienvenido a San Francisco, diríjase a aduana.

— ¿Aduana?

— Sí, próximo control, más adelante

— Glacias, veo allá

— ¿Su equipaje?

— ¿Qué sel equipaje?

— Maleta, lo que trae.

— Yo no tlael nada.

— ¿Cuántos días va a estar en Estados Unidos?

— Ya me pleguntalon, tles días.

— Bien.

— Cómo salil?

— Ahí dice, SALIDA

— Peldón, no se leel su idioma solo hablal.

— Por esa puerta sale.

— Señol, ¿conoce a Li Chan?

— Señol, ¿conoce a Li Chan?

— Señol, ¿conoce a Li Chan?

— Peldón señol, todos mal educados, nadie contestal

— ¿Está perdido?

— No, soy chino de China.

— Claro, lo veo.

— Busco amigo, Li Chan

— ¿Viajó con él?

— No el venil, vivil acá en balio chino.

— Detrás suyo hay un chino

— ¡Li Chan! 很高興見到你.

— 我們要回家了. Mejol no hablal chino.

— Cleel que somos espías

— Tu sabel, vengo pol mi helmana

— Si, se histolia de tu helmana.

— Ella hizo matlimonio con amelicano.

— Chino plometido no aceptal.

— Honol de familia plimelo.

— Chino plometido mató helmana y amelicano.

— Familia mandalme a lecupelal honol.

— Sé dónde vive prometido que mató tu helmana.

— Impoltante, vamos allá.

— Es la puelta amalilla. Vive solo.

— ¿Quién sel tú? ¿Qué buscal?

— ¿Tu sel prometido de Chen Liu?

— Si, ella tlaicionó honol y casó con otlo, un amelicano

— Tu matal Chen Liu, mi helmana y nosotlos vengal muelte de helmana

Li Chan, tú sabel que hacel. Ahola volvel aelopuelto. Yo chino de China leglesal a China.

EL VIGÍA

— ¿Cuántos años tienes?

— Soy el árbol más viejo de este bosque.

— ¿Pero no sabes cuantos?

— Muchos, más de cien.

— Yo tengo ocho.

— Si sé, yo estaba aquí cuando naciste.

— ¿Sabes dónde está mi casa?

— Claro que sé y sé que siempre me miras.

— Te veo mover tus ramas, mi casa está allá abajo.

— Varias veces subiste a verme.

— Quería saber cómo eras, pero me daba susto acercarme, eres muy grande.

— Te veía venir y quería conversar contigo, pero podrías asustarte y no estaba seguro de que ibas a entender que un árbol hablara.

— Nací aquí, tú lo dijiste, entre árboles y plantas, a las plantas no les entiendo, pero tú hablas como yo.

— Hay otros árboles más jóvenes que están aprendiendo a hablar.

— ¿Cuáles son, los puedo conocer?

— Se van a avergonzar, aún no lo hacen muy bien.

— Tú me dices cuando pueda...oye, ¿Cómo te llamas?

— Vigía.

— Yo me llamo Pedro y tengo un amigo, el Pancho. ¿Por qué te pusieron Vigía?

— Tengo que cuidar los árboles del bosque.

— No entiendo, ¿Cómo los cuidas?

— Tú me has visto mover mis ramas.

— El viento te las mueve.

— No, cuando hay viento, yo las muevo.

— Entonces no es el viento.

— El viento no se puede detener, al mover mis ramas les indico a los árboles más jóvenes como hacerlo para que no se le quiebren las ramas.

— Ah...tú eres como el profesor, eres más grande que los otros.

— Soy el que avisa cuando viene el viento y así los árboles se preparan.

— Buena cosa. Le voy a contar al Pancho porque mueves tus ramas.

— ¡Pancho...! ¡Pancho...!

— Hola Pedro.

— Vengo del cerro. Estaba con el Vigía.

— ¿Con quién?

— Con el árbol grande, el primero, al que se le mueven las ramas con el viento.

— ¿Fuiste a ver un árbol?

— No me vas a creer. Pude hablar con él.

— Claro, en idioma "arboril", si sigues inventando cosas te van a castigar. Te crees tus propios cuentos, no seas mentiroso.

— Oye Pancho, no soy mentiroso, podemos ir a ver al Vigía y vas a ver que es verdad.

— ¿Qué suba al cerro contigo para escuchar un árbol?

— Sí, …sí. Te aseguro que nos contesta. Ya sabe de ti, le dije que tenía un amigo que se llamaba Pancho.

— Ya…voy, pero dices algo en la escuela, no soy más amigo tuyo.

— Espérame Pedro, no subas tan rápido.

— Apúrate, no quiero que nos llamen y no estemos.

— Mira, llegamos, aquí estaba ayer cuando conversé con él.

— Chutas el medio tronco que tiene. No se ve tan grande desde abajo.

— No hay viento, por eso no mueve sus ramas.

— No te creo que las mueva, es el viento.

— Hola Vigía, este es mi amigo Pancho.

— ¿Le contaste a Pancho de nuestra conversación?

— Si, pero no me cree.

— Si Pancho no cree, no me va a escuchar.

— ¿Te volviste loco Pedro? ¡Estás hablando solo!

— No, estoy hablando con el Vigía, …… Pancho no corras. ¡Te vas a caer, cuidado!

— Déjalo ir …

— Me dice que invento cosas y soy mentiroso por que hablo contigo, pero es buen amigo, no me importa.

— Se acerca el mal tiempo, va a llover con mucho viento. Vuelve a tu casa. Tengo trabajo que hacer.

— Ya sé que eres el Vigía y todos te hacen caso.

— Qué bueno que te dejaron dormir acá.

— La tormenta fue grande…grande.

— Oye Pedro, no quise arrancarme ayer.

— ¿Creíste que estaba hablando solo para asustarte?

— Es que eres seco para los inventos.

— No Pancho, el Vigía me dijo que no me preocupara porque si no crees, no lo vas a escuchar.

— O sea que sigues creyendo que te habla….

— Me dijo que venía mal tiempo y viste la media tormenta de anoche.

— Salgamos a verlo.

— Es muy temprano, hace mucho frío.

— Vamos.

— Bueno, abre la puerta con cuidado no quiero despertar a mi mamá, del corredor se ve el cerro.

— No se ve el árbol.

— Vístete rápido, vamos a verlo.

— Subamos por acá, es más corto.

— Pero cuesta más hay mucho barro.

— ¡Vamos Pancho!, falta poco y no veo al Vigía.

— ¡Mira!, está en el suelo con sus ramas quebradas.

— ¡Se murió! no soportó la tormenta, se murió....

— Hola Pedro, el Vigía me enseñó a hablar. Al Vigía no lo mató la tormenta, murió de tristeza porque están cortando los árboles del bosque.

LA INVITACIÓN

Recibí tu carta. No te muevas de Stavanger. Voy. Llegaré en un par de días. Anhelo verte. No olvido la visita al Centro Pompidou. La plaza, personas caminando al destino programado, otras sentadas observando el tiempo pasar. Unos niños persiguiendo un globo y una mujer tras ellos. Todo me parece vivirlo nuevamente. La entrada, la sala de distribución. El mesón de informaciones. La escala al segundo piso. La terraza. La terraza con las esculturas. Su forma redondeada. Para acariciar con la mirada. Zonas más brillantes delatan el roce de manos curiosas. Tocar lo que se insinúa. Una tras otra, pasear entre formas sin aristas ni ángulos. Nada molesta, todas te invitan a disfrutarlas. Vuelves a verla y parece que fuera otra, pero es la misma. Tal como tú. Nos quedamos largo rato mirándolas, y solos empezamos a tocarlas. Están para eso. Para evocar sensaciones. Estimular pensamientos, en parte lujuriosos. Cada una es diferente. La superficie de un torso, las curvas de una cadera. La curvatura del brazo que te retiene. La vista es mejor que el tacto. Recorre donde tu mano no llega. Piensas que se va a mover, pero sólo quiere que la mires. Otras partes se ofrecen a tus manos con mayor facilidad. Están al alcance de tu cintura. Desgastadas por el roce curioso de manos inquietas. Pareciera que mientras más las miras más te cautivan. Imposible olvidarlas tal como a ti boca abajo.

Mientras conduzco recuerdo. Voy dejando Paris. Atrás quedan las calles invadidas a ambos lados por construcciones de antaño. París es de antaño. La carretera se hace más amplia, comienza la campiña salpicada de casas y uno que otro establo. El campo es terso, ligeramente ondulado. Cubierto de vegetales. Parece una alfombra que cambia de color, del verde a amarillo y de nuevo al verde y al verde más oscuro. Se pierde en una colina donde la acarician unas nubes tal como acariciamos las esculturas en París. No debo perder la vista de la carretera, pero las colinas. Las colinas que aparecen ante mi vista se sumergen en las nubes para ocultarse… y aparecer, jugando conmigo como yo jugaría con tu cuerpo.

Un pueblo intruso interrumpe mis recuerdos. El nombre, no lo sé, tampoco interesa. Un café me sentaría para castigar la impertinencia de este pueblo. Estamos casi en verano los cafés sacan sus mesas al sol de las plazas y calles peatonales. No se ven turistas. Es un pueblo abandonado por las agencias de viajes. Deben vivir más tranquilos. Dejo el pueblo, del que no me acuerdo el nombre, después del café. Salgo a la carretera.

Entro a la autopista rumbo al norte. Desaparecen las colinas para dar paso a una sábana tersa, estirada por los años tras ser pisoteada por siglos y siglos de guerras. Al crepúsculo se esfuman los detalles del campo y pienso en arrugar esta sábana y desordenarla con mis manos en busca de las tuyas. La autopista exige que me concentre. Me cuesta. Veo el campo plano. Más vale que descanse. La posada está fuera de la autopista, no se siente el tráfico a alta velocidad.

Los plumones de la cama semejan las esculturas redondeadas. Los brazos se hunden como abrazando tu cuerpo. Siento el cuello acariciado por la suavidad de la tela. Suavidad que palpo en busca de tus labios. Pensando en ti despierto impidiendo que te vayas abrazado con desesperación a la almohada. Razono disfrutando la tibieza del sol de madrugada que penetra a través de la cortina de la pequeña ventana. Pienso en el calor de tu cuerpo aun dormido en el alba. Cuando giras y me atrapas con tu brazo. Zafarme con cuidado sin despertarte para ver que no dormías.

Volver a la autopista. El camino es angosto, muchos autos en contra. Delante una chica en bicicleta bajo la velocidad. El viento agita su cabellera revolviendo sus ideas. Tocarla no debe ser tan agradable como observarla. Agita su mano derecha para que la adelante. Ya no pasaban autos en contra. La entrada a la autopista, siempre al norte…al norte. Ahora tiene cuatro pistas. Las velocidades aumentan. Adelanto con velocidad y me adelantan con señales de luces para que me quite de su camino. La pista despierta emoción. Vas por un canal con paredes de árboles. Infunde temor. Solo la velocidad y los árboles a cada lado de la autopista. Aumento la velocidad para sentirme en competencia. Me adelantan igual. Es una vorágine que me agobia. Pero me atrapa, la sensación es única. Luces amarillas y después rojas advierten que la experiencia finaliza. La velocidad decae y aparece el peaje. Fin de la autopista. Bienvenido a Dinamarca.

Volé, sí volé más de doscientos kilómetros en hora y cuarto. El camino es estrecho. El norte de Dinamarca. Quienes vienen a este país visitan lo hermoso. En la creación, las colinas de Dinamarca fueron diseñadas a mano. Los campos de trigo mecidos por el viento de colores amarillos y dorado. Una colina tras otra. Un plano, otra colina. El viento son manos que acarician sin cesar con suavidad el cuerpo atrapado de una diosa gigante. Así como las mías te recorren con placer. Los campos cultivados se reducen dejando a la vista dunas trabajadas por la brisa marina. Pequeños vegetales agitados por la brisa, se les encaraman tratando de domarlas, como si fueran hembras para poseer. El puerto está cerca y el ferry a Noruega llama.

Travesía nocturna. Embarqué de los primeros. Bajaré de los primeros. La travesía de seis horas y no sé cuánto dormir. A Stavanger debo conducir por muchas horas. Me tendí en el camarote. Ya estábamos navegando. El tiritar de la nave denunciaba el encuentro de las corrientes del Mar del norte contra el Báltico. Estertores de una mole de metal poseída por abrasadores tentáculos que reclaman su territorio, amándola o destruyéndola. La mole de metal se entrega continuando hacia su destino navegando en la ondulada superficie del océano, la misma entrega de nuestros cuerpos para llegar a destino. La sirena llama al muelle y a los conductores a sus vehículos.

No en necesario entrar a la ciudad. La carretera serpentea por el borde marino coqueteando para que no te detengas. Cada curva muestra una vista diferente. Desaparece a medida que avanzas. Recorres su trazado disfrutando cada tramo. Que no venga ninguna recta, las curvas me hipnotizan, bajo la velocidad para disfrutarlas. Te veo a ti en cada una de ellas, no soy yo el que avanzo, eres tú la que se acerca. El camino eres tú. Te recorro con mis ojos como recorro las curvas, una y otra y otra infame muy cerrada, no te cruces, no te cruces, déjame llegar....

SUCEDIÓ EN EL ESTERO

Le decían "El predio"; en mi casa, simplemente Algarrobo. Lugar de vacaciones desde que nací. También conocido como "El Barrio de los Médicos". Parcela separada de la Hacienda San Jerónimo por el estero del mismo nombre. Viejos amigos construyeron sus casas, donde veraneaban sus familias e invitados, de enero a marzo año a año. Con mis viejos llegábamos en febrero. Se forjaron amistades de por vida, en un lugar mágico lleno de misterios y leyendas por descubrir. El estero y sus secretos, la mina de coligues gruesos, el árbol de las tarántulas y la mina de cuarzo.

Niños y jóvenes, de edades dispares, hoy varios se han ido, recordarán "El predio" desde donde Dios quiso que estén.

Yo era del grupo de los chicos. Tres niños, tres niñas. El estero nos recibía con brazos de maicillo entre pozas y malezas. Armar una cabaña de ramas era nuestra misión. Una vez terminada nos reunía cada tarde. No recuerdo lo que hacíamos. En esa época a la playa se acudía sólo en las mañanas. Ya más grandes, pero no tanto, en años posteriores en la cabaña del verano probamos los

Particulares, nuestros primeros cigarrillos. El estero siempre fue un lugar con misterios, los mayores hablaban de la "poza honda". Los chicos nunca fuimos. Después supimos que era un pozón donde se podía nadar.

El estero se internaba separando los cerros hasta lugares desconocidos. Ninguno de nosotros, los chicos, nos atrevíamos a internarnos para conocer sus misterios.

Recuerdo que a los doce o tal vez trece con mi amigo Miguel decidimos explorar. Llegaríamos al final para conocer sus secretos. Partimos temprano una mañana. A poco andar descubrimos que en su lecho corría agua entre pozas y pastos húmedos. Nos expulsó cerro arriba. Ahora los cerros se juntaban para impedirle seguir. Entre matorrales y zarzas logramos continuar. El murmullo del agua nos acompañaba mientras avanzábamos buscando un camino que nos permitiera explorar y desentrañar su nacimiento escondido. A media ladera, siguiendo un sendero, lo perdimos de vista. La vegetación lo protegía de miradas intrusas. Sólo se escuchaba la brisa, luchando por pasar entre hojas y ramas. Un estampido destruyó el silencio natural. Seguimos el sendero esperando ver el agua correr. Metros más adelante sobre la angosta huella, sangre fresca sobre la tierra. Nos miramos con Miguel y decidimos regresar.

No hablamos una palabra.

Al día siguiente, como era nuestra costumbre, un rápido desayuno en nuestras casas y juntarnos a conversar. Sentados en una vara al borde del camino se acercó un hombre con zapatos, chaqueta y corbata. Venía desde la profundidad del estero, preguntó: ¿este camino sale al pueblo de Algarrobo?

INCERTIDUMBRE

Terminó con Sandra, ahora enfrentaba el acoso de Lorena. Vecina en el edificio, un piso más abajo. Había cometido el error de comentarle. Sandra volvió a su departamento cerca de su oficina. Trabajaba en turismo. Lorena se enteró y emprendió el ataque. Nunca perdonó a Vicente su traición. Meses de sexo consentido para que él la dejara por otra. Los conserjes le avisaban, bajaba al lobby a esperar que entrara. Tomaban el ascensor, marcaba el 10, el piso de Vicente, no el 9. Se disculpaba y bajaba por la escala.

Antes de Sandra, Lorena subía a diario, era absorbente, posesiva, no lo dejaba respirar. Juraba que no era amor, era su encanto que la enloquecía. En ocasiones, Vicente optaba por subir por la escala. Evitaba el ruido del ascensor. Caminaba descalzo para no causar ruidos de pisadas que pudieran acusar su presencia. Fue todo inútil. Su magia sensual lo tenía subyugado. La gozaba como un salvaje. Su respuesta era feroz, insaciable. Al verla sucumbía, no lo podía controlar.

Sandra lo rescató de las garras de Lorena. Llegó a su vida haciendo volar su imaginación. Agente de turismo preparaba los viajes de su compañía.

Vicente regresó de una reunión agotadora en Europa. Quería descansar, Sandra le ofreció un plan de cinco días, para dormir y nada que hacer. Dijo que aceptaría siempre que fuera con él. Ella aceptó. Al regreso, comenzaron a vivir en el piso diez. Lorena en el nueve juró venganza. No soportaba saber lo que pasaba en el piso superior.

Al cabo de unos meses el directorio se enteró de la relación. Vicente debía terminar o cambiar la agencia de viajes. No quiso lesionar los ingresos de Sandra, por lo que mantuvo sus servicios terminando con ella. Nunca le quedó claro si Sandra fue el clavo que saca a otro o si realmente hubo algo más. En todo caso ahora debería soportar los encuentros con Lorena.

En determinada oportunidad cedió. Pensaba que sería transitorio. Lorena volvió a su lecho con la pasión de siempre. Se preguntó varias veces sobre su comportamiento. Era típicamente masculino. Satisfacer su necesidad sexual. Se levantaba y se iba a su departamento.

Debía viajar a un congreso en Sevilla y la puso a prueba. Aceptaba viajar con él o terminaba este ir y venir sexual. Decidió viajar. Creyó que desecharía acompañarlo. Vicente le rogó que se comportara como una dama. Prometió mantener una actitud reservada y discreta. Pero Lorena le puso una condición, se trasladaría a su departamento de inmediato. Vicente se deleitaba sintiendo a Lorena gozar sobre su cuerpo. La dejaba comportarse con rudeza, se expresaba con ferocidad vulgar.

El directorio asistió a Sevilla y Sandra debió hacerse cargo de la delegación. El congreso se realizaba en el Hotel Real Majestic. En el registro aparecía Vicente en habitación doble. No había visto a Lorena, pero sabía que estaba. Mientras el congreso transcurría, Sandra organizó un par de tours por la cuidad. Le daría oportunidad de hostigar a Vicente.

Tanto en la visita a la catedral como en el Alcázar se cruzaron miradas entre ambas rivales. Vicente disfrutaba de la esgrima desatada entre las dos guerreras. Lorena se comportaba. Sandra atacaba. Sentada en el bus a la espalda de Vicente roció su perfume descuidadamente en su cuello. Lorena respondió desabrochando dos botones de su blusa. Era una guerra sin ley. Vicente tomaba palco. Este enfrentamiento acariciaba su ego, dos mujeres se enfrentaban por él.

De nuevo en el hotel. Almuerzo de fuego cruzado entre ambas amazonas. De mesa a mesa miradas sin sonrisa. Los labios de Sandra tocaban la copa con sensualidad exagerada. Lorena en forma natural, abría su blusa. Todo era alimento exquisito para la imaginación de Vicente.

El hall desordenado; bullicio y conversaciones, entre dos, cuatro hasta seis. El congreso lo ameritaba. Discusiones y opiniones asaltaban los oídos. El mesón de informaciones, asediado por los concurrentes. Preguntando todo para entender nada.

La batalla amainó, las participantes se retiraron. El programa de la tarde permitía una tregua. Solo reuniones. La batalla exigía la presencia de Vicente. La contienda era por él. No podían competir en ausencia del trofeo.

Un tumulto retiraba sus identificaciones. Vicente agrupado entre ellos, sintió un suave roce en su muslo. Sandra le pasó la tarjeta para entrar a su habitación – a las seis, una cena inolvidable – Dijo.

Turbado por el asalto y la invitación. Retrocedió a sentarse en un sillón del hall. Quería aclarar su mente para decidir qué hacer sin que hubiera heridos por su decisión. Sandra era calma frente a la ferocidad de Lorena, quería volver con Sandra. Fue forzado a dejarla. Si ella ganaba esta guerra, temía la respuesta de su enemiga. No debía enterarse.

Vicente no asistió a las conferencias. Buscó a Lorena y sentados en la gran terraza que dominaba la ciudad compartieron en silencio. Vicente tenía ideas enfrentadas. Trataba de ordenarlas, entender los alcances que tendría su resolución. Si aceptaba o rehusaba. En un caso debía desaparecer sin que Lorena se extrañara. En el otro, desdeñaba una relación que le parecía más conveniente.

Con la vista en la Giralda, el campanario de la catedral, Lorena le anunció que iría de cinco a seis al spa del hotel para un masaje. Esto le iba a permitir estar con Sandra. Ya se le ocurriría decir donde estuvo.

Entró a una de las conferencias, se retiró. Fue a su alcoba, a los minutos salió. Lorena debía estar en el spa. Deambuló por los salones del hotel hasta que dieron las seis. Tomó el ascensor escuchando los latidos de su corazón, sacó de su bolsillo la tarjeta de la habitación, notó humedad en su mano, la introdujo en la ranura y la puerta se abrió, vio a Sandra y Lorena sonriendo desnudas sobre la cama.

EL MURO

Brinco fuera de la cama al alba para salir a mirar si han pintado una nueva imagen en la muralla. Las paredes por el lado de la calle aparecen saturadas de figuras y mensajes. Uno de los grafitis atrae mi atención, me gusta y me inquieta. Me he detenido a observarlo con calma numerosas veces. Desde la puerta de mi casa a la escuela no tardo más de cinco minutos, pero una vez llegué atrasado. Y todo por la imagen de esa niña con su mano alzada al cielo. La dibujaron de perfil, apenas se aprecia parte de la cara. Me gustaría verla entera, muestra una expresión de tristeza. No sé si estira su brazo pidiendo algo o si está entregando lo que le han solicitado. El cuerpo delgado viste una blusa blanca que acusa varios días de uso. Hacia abajo se advierte una falda de colores que tan solo el pintor pudo reproducir. En torno a ella, colores vivos, verdes fuertes y un pasto bien cuidado que contrasta con la tierra marrón y restos de basura como manchas negras que parecieran desprender olor. El cielo celeste pálido, se descascara hacia abajo en un violeta, mezclándose con rojos y naranjas entre botellas, papeles arrugados, colillas y desperdicios. Descalza enseña unos pies deformes por años de caminar.

Nunca he podido pasar delante de ella sin detenerme un instante, ya rumbo a clase que me despide con su brazo en alto.

— ¿A qué hora pintan estas murallas y quiénes serán? Quiero ver como lo hacen. En las mañanas muchos dibujos aparecen rayados, a la niña no le han hecho daño. Voy a ser pintor de muros. ¿Se podrá estudiar eso?

— ¡Mauricio!, preste atención.

— Disculpe, profesor.

Vienen a pintar en medio de la oscuridad. Se descuelgan de una camioneta, son cuatro o cinco, traen tarros y bolsas. Con una escoba limpian el muro cubierto de rayas, desprenden una nube de polvillo. El que va adelante dibuja con trazos rápidos una figura, emerge una cara. Comienzan pintando la base del muro. Entre tres pintan el rostro. No hablan. Hay poca luz, son siluetas que se mueven en penumbra, difícil ver lo que hacen, negro y gris en el pelo, ojos iracundos, la cara de color amarillento con la boca abierta gritando, labios rojos delgados, el cuello venoso mostrando furia.

Es el rostro de una mujer.

A un par de cuadras asoma un vehículo, trae luces en el techo; dejan de pintar, recogen tarros, brochas y utensilios y rapidísimo, tiran todo en la parte trasera de la camioneta y desaparecen.

Era la policía. Haciendo ronda.

Sentado en la cuneta veo pasar el automóvil policial. Luego me incorporo a observar la pintura, no está terminada. La cara flota entre manchas en un área inconclusa.

¿Volverán a terminarlo?

Espero varias noches. No regresan. Me decido y de noche, al amparo de las sombras, sigilosamente, premunido de un tarro de pintura blanca, sin tocar el rostro, terminé de cubrir el muro. Es impresionante, el rostro, cobra vida.

Sin darme cuenta, estoy rodeado.

— Te quedo perfecto – escucho decir antes que me cubran la cabeza.

— ¿Quién eres? -

No respondo.

— ¡¿Que quien eres?!

— Alguien que admira lo que pintan.

Me quitan la capucha y me observaban. Ando con las zapatillas viejas, los jeans rotos y camiseta negra. No preguntan nada más. Algo nervioso, rompo el silencio. Les cuento que a diario nos saludamos con la niña del brazo al cielo.

— Es mi hermana, -dice uno de ellos- la mataron. Ahora vamos a terminar la pintura de mi madre, ¿nos ayudas?

Me invitan a pintar de noche. Me enseñan a preparar los colores para que la luz del amanecer los despierte con vigor. Noche tras noche frente a la pintura me concentro en aprender. El rostro de esa mujer desesperada guía mi mano, voy pintando el paisaje urbano que la trató con ferocidad.

Por la noche me acerco a la pintura para escribir mi nombre, me encuentro dibujando un trazo cuando una bala destroza mi cabeza incrustándola en el muro, junto al grito desgarrador de una mujer angustiada.

¿QUÉ PASA EN PROVIDENCIA?

Estación Manuel Montt, se abren las puertas y el carro lleno se desparrama por el andén. Atrapado en el tumulto de estudiantes hago esfuerzos por liberarme para alcanzar la escala. La masa humana se mueve compacta sin dejarme pasar. Escucho historias de estudiantes a resolver en el colegio, malestar entre ellos, falta de ganas de estudiar. ¡Que me importa saber sus problemas!, pero los tengo que oír. ¿Hablan fuerte para hacerse notar? Voy a tiempo, no me atrasaré en llegar. Con la colación en mi maletín no tengo que volver. Primera vez que traigo algo de comer. A empujones subo la escala, por delante y por detrás. Algo pasa, veo un bus en la vereda que avanza lento delante de nosotros. No venía en el metro, se escucha una voz. Carcajada general. El grupo se compacta más en los últimos peldaños. El bus sigue por la vereda, los peatones bajan a la calzada. El tránsito está desviado por una obra en la vía. Es un hoyo en la mitad de la calle. Sacaron la tapa, asoma una escalera, hay personas mirando hacia abajo. Trato de caminar, diviso donde debo llegar, el Banco de Chile en la esquina opuesta por donde voy. De nuevo difícil avanzar, los curiosos quieren mirar lo que ocurre. Falta una cuadra, que fastidio. Los buses siguen por la vereda desplazando peatones que van a trabajar, supongo, algunos testarudos hacen gestos de disgusto. La otra acera es tribuna de espectadores mirando por dónde van los buses. Hasta ahí llegaron nomas. El quiosco de doña Tina no los va a dejar pasar. Las sirenas de carabineros y las bocinas de los exasperados conductores son el complemento de un caos total. El taco debe ser grande, llegó la televisión. Un periodista micrófono en mano persigue la nota que le dará primicia. El comercio no ha abierto, menos mal. Con la muchedumbre los robos no se podrían evitar. El guardia del banco detrás del ventanal mira atónito el acontecer. En el centro de la vía ubican un andamio sobre el hoyo destapado. Personal con casco protector circula haciendo señales, parece que nadie entiende. Han pasado diez minutos desde que salí de la estación siguiendo al bus por la vereda y a peatones por la vía. Falta poco para que el guardia me vea y me deje entrar. Voy a ver que miran alrededor de la obra. Se agrupan personas conversan y se van. Falla técnica se escucha a alguien comentar. Pero está lejos de la obra. Es conjetura nada más. Se acerca un vehículo con balizas, pero no es policía. Parece que es bomberos. Un grupo arranca exclamando: ¡una fuga de gas!, produciendo una estampida de curiosos y mirones en todas direcciones. Queda desierta la instalación sobre el hoyo destapado. Un par de encascados con mamelucos amarillos se acercan con cautela acompañados por un bombero. Carabineros aprovecha para cercar el área dispersando peatones y transeúntes que nada tienen que ver en el hoyo destapado. Ahuyentan a los periodistas sin obtener testimonios que destacar. No hay quien declare nada. Hermetismo total en torno al hoyo destapado. Va a ser la hora que debo entrar a trabajar. El personal ingresa al banco mirando hacia atrás como ovejas arriadas al corral. De mi escritorio en el segundo piso podré ver los buses circular por la vereda, como le hacen el quite al quiosco de doña Tina y observar el hoyo destapado. En la vía, peatones por la calle rodean el cerco policial, miran que pasa sin comprender. Doña Tina con los brazos en jarra discute con un guardia municipal. Los buses desplazaron a sus clientes habituales. Gesticula sin lograr nada, perderá la venta de esta mañana. Los buses siguen usando la vereda. La obra en la vía, o sea el hoyo destapado ha perdido atracción. Los transeúntes circulan sin detenerse, miran sin disminuir el paso. Varios autos, al parecer municipales, se estacionaron cerca en la vía, que ahora es peatonal. Funcionarios de terno oscuro y corbata conversan en torno al hoyo. Un guardia del banco se acercó al grupo. Su uniforme no llamó la atención. Entre el grupo se encontraban inspectores de la municipalidad también con uniforme. Volvió al banco y comentó al guardia portero que se trataba de un desperfecto detectado en las vías ópticas que conectaban el ministerio del interior con las municipalidades. La alcaldesa no falla, siempre concurre donde pasa algo, se presenta siempre, sea o no de importancia y había llegado temprano al enterarse de la falla que tenía al municipio aislado. Sin que nadie la pudiera hacer que cambiara su decisión bajó a ver el daño. En torno al hoyo el consejo municipal completo; discutían y conversaban en grupos separados y se volvían a juntar. Tenían que resolver si sacaban a la alcaldesa, le pedían que saliera o tapaban el hoyo así nomás.

EL ORGANILLERO

¿Nunca te había dicho como empezamos? Siéntate, si tienes tiempo, te cuento. Ahí hay hielo, sírvete un trago. Con la Julia nos conocimos bailando cueca en una fonda. Me gustó como se movía y sin perder el paso contestaba mis guiños. Cuando las fondas eran ramadas. Ahora contratan DJ, se perdió el espíritu del dieciocho. Echo de menos los conjuntos con acordeón, pandereta y guitarras con cantoras que desafinaban. La Julia…la Julia, mi amor adolescente entrados en los veintitantos. Nunca más volvimos a bailar cueca. No teníamos nada, el puro amor de juventud y las ganas… ¡le tenía muchas ganas! Y ella también, si éramos un par de niños enamorados.

Ella encontró trabajo antes que yo. En una fábrica de delantales. A los pocos meses pinché una pega de custodio en un colegio, duró poco, encontré uno mejor, ayudante de panadero. Nació el Matías, lloraba toda la noche. La Julia con el sueño pesado, yo lo atendía. Me quedaba dormido y nunca más llegué a la hora. Me echaron. Pero aprendí a hacer pan.

En esos días conocí al Andrés, partimos haciendo tortillas en el horno de la cocina de su mamá. También duró poco, nunca le pagamos el gas, nos echó con viento fresco. Las vendíamos en la calle, arrancando de los pacos. Pero nos fue bien. Ganamos harta plata y compramos un horno viejo…Con eso partimos. Salimos adelante acosta de sacrificios. Trabajando sin parar. Fueron meses duros. Entre el pan y el Matías no quedaba tiempo.

La Julia se había enamorado…. Esto no se lo he contado a nadie. Andaba con su jefe. Metido en la pega y preocupado del Matías, no me percaté. Empezó a llegar más tarde, la fábrica cerraba a las cinco y nunca llegó antes de las ocho. Estaba lejos, pero nunca tanto. El Matías ya caminaba, cabro diablo. De la pata de la mesa, al sillón de ahí a la mesita y cataplún todo al suelo. La Julia me pillaba en cuatro patas recogiendo el descalabro y la tetera piteando que se volaba.

Una tarde fui a buscar a la Julia, andaba con el Matías. Ella iba saliendo con su jefe y ella me ignoró, nos cruzamos, se hizo la tonta, me dijo que no me había visto.

Al otro día, partí temprano a la fábrica. Me dejaron en la puerta. El jefe venía llegando, me miró de arriba abajo y con voz seca me dijo: deje tranquila a la Julia, no vuelva más. ¿Si ese día me separé? No, deja contarte.

Ese día es para no recordarlo. Caminé como un sonámbulo sin destino. Todo mi alrededor me angustiaba, las personas, los buses llenos uno detrás de otro, el olor a ciudad, todos caminando en silencio, tengo un pésimo recuerdo, no sé cómo llegué a casa. Me haces reflexionar sobre mi separación.

Seguimos viviendo juntos unos años. ¿Te parece increíble?, ... créelo, así fue. Lo hice por Matías. Los domingos salíamos a pasear solos, le gustaba ir a la plaza. Me pedía ir a ver al organillero. Se quedaba, con otros niños, largo rato escuchando sus notas destempladas. Para él su música era magia. Observaba a Jacinto dando vueltas la manivela mientras los sonidos lo hipnotizaban. Me preguntaba como se hacía la música en esa caja. En la semana hablaba del organillero con su amigo imaginario. Tenía cuatro años.

Yo lo pasé mal en mi niñez, no quería que para él fuera igual. Una tarde regresando del puesto de pan, no encontré a la Julia ni a Matías. No, no los denuncié. Aunque pienses que estaba loco. Y nunca más los vi.

Me refugié en el trabajo. Andrés me apoyó. Diez, doce horas trabajando. De esa época queda solo el nombre, "Pan del Día". Crecimos mucho. Abrimos varias sucursales. Tú entraste a trabajar con nosotros, ¿hace cuántos años? .... tres años. Agradezco tu aporte, es importante, contigo y Andrés la panificadora "Pan del Día" hoy es una empresa.

Sí, siempre me lo dices, reprochas mi soledad...No, no te disculpes. Tienes razón. Desde que Julia y Matías se fueron he vivido sólo para el trabajo y los recuerdos. Mi hijo debe estar grande, sí, ... ocho años, los cumpliría el próximo mes. ¿Si me gustaría verlo?, ¡Claro que me gustaría verlo! No necesito decírtelo. Aprendí a retener las imágenes gratas, los momentos felices....

¡Oye, son las nueve! Disculpa haberte retenido hasta esta hora. Es muy grata tu compañía y eres un gran escuchador... y mañana como todos los domingos me visto con mi ropa vieja y un sombrero deformado, le arriendo el organillo a don Jacinto y salgo a tocar por los barrios.

LA FINAL

Desde el momento en que nos presentaron adiviné la rivalidad. Era el mejor de su club y yo calificaba con el mejor puntaje. El campeonato nacional, en dos semanas más, nos enfrentaría. Sus antecedentes lo señalaban como experto en la prueba. Yo me estaba iniciando en la modalidad. Quienes nos conocían no se atrevían a apostar por el resultado, varios confiaban en mi destreza, otros en su experiencia en torneos de alta competición. Decidí aislarme. No escuchar consejos ni indicaciones. Practicaría solo. He logrado buenas marcas. Puedo repetirlas y también mejorarlas. La confianza no me ha abandonado jamás. Soy un duro rival y se lo demostraré.

Llegaba tarde, haciéndose notar. No evitaba distraer a un tirador en su puesto de tiro para ir saludarlo. Muestra su arma, recién importada. Se ufana del valor que pagó. Conversa con todos, en especial con quienes lo admiran. No calla jamás. Da consejos sin que se los pidan a sus atentos seguidores. Se prepara en su puesto con calmada ceremonia. Muchos atentos, otros le vuelven la espalda. La práctica comienza con aplausos cuando acierta.

En la disciplina del tiro hay varios reinos, la envidia y el imperio de la soberbia que reclama admiración. También hay virreinatos, ducados y señoríos. En estas comarcas de poder, el verdadero adversario está dentro de ti. Los polígonos son todos diferentes, salas cubiertas, al aire libre, o cerradas pero los blancos, todos iguales. El objetivo. Inmóvil. Desafiante. Frente a ti.

Practico a diario. Llego a mi puesto sin apuro. Recorro mi cuerpo hasta encontrar la posición. Con el arma en mi mano y la respiración retenida en el instante de ejecutar fijo mi mente en el centro. No estoy fallando. Acierto tras acierto.

Llego a las prácticas ante que él. Conversa a viva voz, se hace ver. Se ubica cerca. No me quita la vista. Supero su presencia. No siento tensión. Voy a vencerle. Llega y no lo veo. Aprendí a prescindir. Arrastra gente detrás de él, son socios de su club que aplauden su maestría. A mí me aplauden los blancos con sus centros logrados.

Los veinte seleccionados estamos frente a nuestros puestos. Miro al frente donde está mi desafío. Lo grabo en mi mente. La imagen es conocida. Sólo debo acertar. Respiro profundo expirando lento. Siento los latidos de mi corazón. No son buena compañía. Signo de tensión. Tengo que calmarme. Respirar más lento. Llaman a posición. Cada uno de pie preparado para comenzar. Sesenta impactos definirán al mejor. No siento ni veo a nadie. Mi vista en el blanco. Mi mente en su centro. Media hora. Dos tiros por minuto. Voy lento. Debo apresurarme. Vencer al tiempo sin fallar. Soy el último competidor con un acierto el centro.

Esperando los resultados. Un ambiente tenso de conversaciones breves. Se escuchan discusiones. Pasan los minutos. Los jueces se retiran a una sala privada portando los blancos. ¿Hay disputa? Cada uno frente a su puesto esperando el veredicto. El parlante anuncia los tres primeros lugares, no estoy tercero. La voz truena en mis oídos hay un empate en el primer lugar, suena mi nombre y el de mi rival. Debemos desempatar. Un solo tiro define al vencedor.

Se retiran los demás competidores. No siento ruido alguno. Mi mente está en silencio. Recibo el impacto de su mirada en choque colosal con la mía. Lo obligo a bajar la vista y le doy la espalda. Pasan minutos en solo segundos. No vuela un alma en el polígono. Solo veo el blanco y la imagen de su centro. Mi mano sostiene el arma. A la orden debo disparar. Subo el brazo y ejecuto. Bajo el arma esperando con velada tranquilidad que se anuncie el ganador. El parlante acusa al ganador ubicado en el puesto 14.

EL MONOGRAMA

Los bordados de la abuela en manteles y servilletas atrapaban las miradas de quienes se sentaban a su mesa. El trabajo de sus manos eran obras de amor y paciencia, decía ella. Los bordados de Leontina…. Mi abuela Leontina, almuerzos de cada domingo en "La Esperanza", su casa del campo y sus infaltables invitadas. Angélica, su vecina, viuda de Alberto, mi mamá, también viuda y yo. Ella cocinaba para nosotras tres. Servía la comida en platos de porcelana sobre un mantel finamente bordado con figuras y diseños que al seguirlos con la vista podrían ser hasta lujuriosos. Cada semana uno diferente, ¿Cuántos tenía? Nunca repitió ninguno. Mis manos palpaban cada línea de los relieves, finos, anchos y gruesos conducían mis dedos con una grata sensación. Los platos, posados sobre el intrincado bordado, contenían la tradicional cazuela, con ese sabor que sólo una cocina a leña puede dar. El pan, amasado en casa, lo cubría un paño con una hogaza bordada y el monograma "La Esperanza". Delicadeza de la abuela, en las servilletas nuestro nombre.

Cuando enfermó la abuela nos vinimos a vivir con ella al campo. Con mi madre somos una, tal como ella con la suya; viviremos siempre juntas. Tiene que cuidar a su madre, a mí me tocará cuidar la mía. Pero falta, la abuela cumple ochenta, mi mamá camino a los sesenta y yo casi cuarenta. De chica no lo noté, sábanas y fundas están todas bordadas, el nombre de "La Esperanza" el nombre del campo. ¿Cuántos años le llevó hacer este magno trabajo? Conversando con ella le pedí que me enseñara los secretos del bordado. Estaba en su lecho, me respondió que en la paciencia y en el amor está el secreto, que debía descubrirlo sola, para ella ya era tarde enseñarlo. La habilidad de mi abuela Leontina no tenía fronteras. Las cortinas de tul blanco que filtraban el sol a través de las ventanas mostraban tenuemente su magnífica creación. En la delgada tela casi transparente estaba el monograma "La Esperanza" junto a una imagen de campo. El trabajo realizado, casi imperceptible parecía parte del tejido.

Al poco tiempo falleció Leontina, mi abuela, llevándose consigo los secretos del bordado. Ahora "La Esperanza" era nuestro hogar. Siempre con el anhelo de encontrar la cesta de trabajo de la abuela donde guardaba hilos, agujas, telas y bastidores, revisé cada mueble y armario sala por sala. Ella se sentaba a bordar en un sillón con cojines mullidos y respaldo recto, mirando al jardín labrado de flores y arbustos entre palmeras centenarias. Decía que el sonido del agua de la pileta la acompañaba en calma para no fallar, puntada tras puntada. Cada pieza tiene varios muebles, velador, armario y closet. ¿En cuál está la cesta de los secretos del bordado? En el corredor, con sus postes aprisionados por jazmines olorosos, los anaqueles rústicos no era lugar para lo delicados elementos que usaba Leontina. ¿O sí? Segura que la cesta estaba escondida, nunca pensé que estaba a la vista, no era cesta de bordado, en la mesa al costado de su sillón estaba lo que buscaba. Levantando su cubierta, apareció el tesoro, brillaban las agujas, largas, cortas gruesas y unas muy delgadas, ordenadas en fila listas para trabajar. Entre hilos de colores, está el blanco, que aplicaba en cortinas y pañuelos, delgado apenas visible hasta unos gruesos notables. Una libreta con notas personales y apuntes a lápiz; .... Los paisajes en las cortinas paciencia y observación, agujas finas con el hilo más delgado.

En los monogramas, amor y esperanza.... Escarbando en la caja encontré un pañuelo, "A mi amor Alberto", cuesta leer el monograma, el roce lo ha deshilachado.

Mamá, ¿Alberto no era el marido de la vecina?

EL CUADRO DE MIS AMIGOS

Llevo varias horas conduciendo, quiero llegar a Santiago, descansar un rato y me ponerme a pintar, me gustó la idea de juntarnos en una tela. No están, fallecieron, lo sé. Me pintaré entre ellos, estaremos los cuatro, tengo la imagen de cada uno grabada en mi mente tras una vida de amistad. Pienso en ellos. Armando compañero de colegio, Sergio amigo de familia, y Gabriel que lo conocí en el barrio. Eran muy distintos con notables diferencias, estudiamos lo mismo, pero yo no terminé, me sugirieron que lo hiciera. Pocas veces estuvimos los cuatro juntos, ahora estarán en esta pintura. Recuerdo a cada uno, con sus mañas y costumbres, el carácter de Gabriel, Armando alegre cagado de la risa y Sergio...grave pensativo. Lo pase bien con cada uno de ellos. Gabriel fumaba sin parar cigarrillo tras cigarrillo, impregnando el ambiente con sus fétidas colillas mal apagadas, yo fumaba en ese entonces, compartíamos el cenicero hasta hacerlo rebalsar, que tardes aquellas. El tráfico está rápido, no debe haber control, los pacos están almorzando. Ojalá siga así. Armando con su copa siempre hasta la mitad, nunca vacía, tampoco llena, tomábamos juntos, ambos ebrios reíamos

recordando de aventuras amorosas con vergonzoso final.
Frenazo, ¿accidente? Putas la huevá. Iba tan bien. Sergio siempre
tranquilo escuchaba mis cuentos, ideas y locuras, era difícil
hacerme callar, siempre me ha gustado hablar y hablar. A los tres
los tengo presente. Un choque por alcance, bien huevón el del
auto, por pajarón. Sé cómo los voy a pintar. No será difícil, cada
uno tiene un carácter singular. Recuerdo sus ademanes, la
manera de andar, pero no, estaremos sentado, en tertulia, Gabriel
fuma, Armando con un vaso en su mano, Sergio observa y yo,
naturalmente hablando. Vamos rápido de nuevo, acelera, acelera
o déjame pasar. Era mujer. Será una tela grande, como ventanal
frente a un jardín. Estaremos sentados en una terraza en
cómodos sillones. Mesitas de mimbre fino los separa uno de otro.
Los pintaré conversando animados. Otra vez el taco, a menos de
sesenta, ¿Qué pasa? .... ¿no saben manejar? Un toldo que nos
cubrirá para filtrar el sol rabioso de mediodía iluminando la
escena con la calidez necesaria para que resalten los detalles. A
la derecha ubicaré a Gabriel. Cigarrillo en mano. Con el suéter de
cuello redondo que siempre usaba. ¿Café claro?, ... beige, si
beige, color tabaco. Tengo el óleo. Tierra siena. Es fácil darle al
tono y esparcirlo con pincel grueso. La espalda recta sobre el
respaldo. Gabriel siempre se cuidó. Despreciaba la obesidad.
Podía comer con mesura, pero no dejar de fumar. Ahora se puso
pesado. Al entrar a Santiago. Congestión. En la mesa a su
costado pondré un cenicero de cristal. Sin brillo ni reflejos,
aplicaré gris negruzco y una pila de colillas. Con las piernas
cruzadas lo recuerdo mejor. Pintura oscura y un par de sombras
en los pantalones. Para los cordones de los zapatos. Pincel

delgado. Vamos. Vamos avancemos. Conductores lerdos. Nunca usó mocasines. Armando a su lado. El óleo rosa carmín en su camisa rosada. Pliegues en las mangas. Pinceladas suaves rosa oscuro. Tintes pálidos hacia los hombros, los botones color burdeos. Dos desabrochados. El color de la piel con el siena claro tostado. Le pintaré barriga. La sombra de su barriga. Con empaste de oleo oscuro sobre su típico pantalón ajustado. ¡Que pasa! Detenidos. No andamos ni un metro. Santiago está lejos. Falta carretera todavía. El azabache brillante de su calzado. Solo negro. Resaltará salpicado de oleo blanco. Y... ¿Sobre la mesa?, siempre a su alcance la copa. La pinto reflejada en la botella de su whisky preferido. Etiqueta roja. De una pincelada. Un hielo traslúcido flotando en el ámbar líquido. Probará diferentes tonos. Nunca he pintado un hielo. ¿Daré con el color perfecto? Sergio es fácil. Se viste con los colores de mi paleta. Erguido atento a las palabras que nunca podré pintar. Su clásico chaleco. Con cientos de pinceladas tendré que llevar a la tela el punto de su chaleco. Tejido a palillo elaborado con destreza. La lana y los palillos son magia. ¿Con las brochas delgadas lograré dar el diseño escoces de su camisa? La radio me distrae. Quiero música. Sin noticias. En el pantalón entrelazaré pinceladas claras con oscuras. La sombra de sus largas piernas. Descansando sobre el brillo húmedo de las baldosas. Sus sandalias. Aplicaré el marrón claro en las correas del calzado. Vuelve la velocidad. Quiero pintar. Pintar la tela que tengo en mente. Detalles que no debo olvidar. Se hizo corto este tramo.

Me pintaré sentado en el sillón de la izquierda. Con la camisa que llevo puesta disimulando las arrugas del largo viaje. Con los brazos cruzados. Aplicaré sombras azul marinas sobre mis piernas. Finas líneas oscuras ocultarán las arrugas en el pantalón tras haber manejado por tantas horas. El tráfico está veloz. Debo llegar a pintar...

Las noticias de esa noche mostraron un accidente donde falleció un conductor que decía *"ahora estamos los cuatro"*.

EL AUTOR

PATRICIO CANESSA PALMA es un escritor chileno, nació en Santiago de Chile. En su vida laboral tiene una larga trayectoria en el área comercial y directiva en publicidad y automotriz. Desde muy joven abraza la pintura exponiendo en contadas ocasiones en Santiago y Algarrobo.

Su pasión por las artes y la cultura la desarrolla en el balneario de Algarrobo donde se desempeña como Director de Cultura convirtiendo a la Sala Bordemar de teatro, en la sala de mayor diversidad cultural en Chile el año 2012.

Bajo la batuta del escritor Jorge Calvo, el año 2021, participa en el taller de Literatura Creativa Charleston en donde descubre el poder expresivo de la palabra escrita.

Otros libros de Patricio Canessa Palma:

- **"El pintor cautivo"** - Editorial Signo. Publicado: 2023-10-11 - ISBN 978-956-9283-58-1

- **"Sucedió un jueves"** - Editorial Signo. Publicado: 2022-10-15 - ISBN 978-956-9283-50-5

Puede contactar al autor en su perfil de Facebook y seguir su obra y adquirir otros libros en su librería de autor en la **Feria del Libro Permanente WEBMEDIABOOK.COM**

CONTENIDO